U0479880

远在村外

纪 贤 著

苏州新闻出版集团
古吴轩出版社

图书在版编目（CIP）数据

远在村外 / 纪贤著. -- 苏州 : 古吴轩出版社, 2024. 10. -- ISBN 978-7-5546-2432-6

Ⅰ. I217.2

中国国家版本馆CIP数据核字第2024NL1440号

责任编辑： 任佳佳
装帧设计： 韩桂丽
责任校对： 李　倩
责任照排： 吴　静

书　　名： **远在村外**
著　　者： 纪　贤
出版发行： 苏州新闻出版集团
古吴轩出版社
地址：苏州市八达街118号苏州新闻大厦30F
电话：0512-65233679　　　　邮编：215123
出 版 人： 王乐飞
印　　刷： 无锡市俱进教育用品有限公司
开　　本： 880mm×1230mm　1/32
印　　张： 6.25
字　　数： 129千字
版　　次： 2024年10月第1版
印　　次： 2024年10月第1次印刷
书　　号： ISBN 978-7-5546-2432-6
定　　价： 50.00元

前　言

本书是我的首部文集，虽然从内容形式上看既有散文又有诗歌，但我更愿意统一称之为散文诗——亦诗亦文。

我的创作灵感来自两个方面。第一个方面是刘亮程先生的散文集《一个人的村庄》。这要追溯到很多年前，我第一次在高中语文课本中读到刘亮程先生的《寒风吹彻》，仅仅是第一眼，我就被这篇文章朴素凝练又富含哲思的诗性语言深深吸引。刘亮程先生对村庄生活的体悟，使我看到了一种自言自语且能自得其乐的处世态度和生存境界。我找到《寒风吹彻》的出处——《一个人的村庄》，贪婪地读了一遍又一遍。自此，我开始学着刘亮程先生"用诗歌的语言写散文"。另一个方面是我的现实生活。我与亿万村人一样，经历了这个时代的一种叫作"城镇化"的历史进程。在从"栖居村庄"到"寄居城镇"的变迁中，我困惑过，也迷失过。栖居村庄时远眺城市的浮华，寄居城市时追怀村庄的真朴。我一边用文字记录和抒发这种茫然的心境，一边反复思量生命和存在的真意，企图让理想与现实的矛盾在情感上实现耦合与自洽。

我集文成书的想法始于二〇一九年。那一年，我创建了个人微信公众号“城市村人”，利用业余时间断断续续抒写、整理一些文字，发布至公众号，分享给亲朋、同学、同事。我的本职不是写作，所以身边有很多人问我：为什么要写一本书？这个时代不缺一本书，更不缺散文和诗，何况我并不是一个专业的作者。《远在村外》出版后，真正愿意读它的又会有几人？我思考了很久，就借周国平先生的话来回答：“我写作从来就不是为了影响世界，而只是为了安顿自己——让自己有事情做，活得有意义或者似乎有意义”。

谨以此书寥寥数笔，引君共鸣，与君共情。

二〇二四年七月五日

目　录

前　言

第一辑　所剩无几

002　鼠　影
009　有些人不属于这里
012　黑
015　认　地
018　剩下的人
022　出　路
025　无吠之狗
028　去而复返
031　消逝的村庄
034　孤　傍
038　我走之后
042　始　末
046　所剩无几
050　温柔如你
057　风暴之下

059 走出荒芜
061 孤独的事情
064 你说过的话
066 宿　醉
067 窗
068 我还在这里
070 注定遗失的另一半

第二辑　似是老去

074 重复的话
077 只有我躲在窝里
080 似是老去
084 惊村响雷
086 等待之中
089 台　风
092 雪过天晴
095 远在村外
098 停住的脚步
101 寂夜长话

104 疼　痛
107 镜影微斜
109 一扇门为我虚掩
111 被风吹散
114 旧　账
117 去日成殇
119 庸人易老
121 我那终将遗忘的过去
124 路　人
126 有　时
127 我像一条负伤的老狗
129 回　家

第三辑　依然完好

134 聚　餐
137 不辞而别
140 我的名字
143 置身事外
146 当绝望来临

149 闲 忙
152 烟雾弥漫
155 钢 笔
158 依然完好
161 无可退避
164 走散的人
167 我知道
171 远 行
172 低 吟
175 匆忙之间
176 困 兽
178 俗 人
180 你还好吗
182 执 迷
183 陌 路
185 忘了的人
187 一生的远地

第一辑　所剩无几

鼠 影

(一)云层之下

习惯于生活在当代的人,大多数都看不到百年千年后下一个时代的光景。极少数智者高瞻远瞩,以他们过人的前瞻性预见了未来。

如果把视角拉远,把时间拉长,我们会看到一座村庄里保持固定动作和表情的熙熙攘攘的人,为一年的收成劳劳碌碌,盘算着分寸斤两间的得失。再剔除镜头里微弱的声音,他们一天的生活就只剩下几里地的位移。

还有一些一动不动的人,他们的思虑远在千里。千里之外的某一处有他们朝思暮想的人和一些尚未完成的事。他们被疾病或是老迈困住,难以动弹的身体束缚了他们对远方的追寻,却没能禁锢他们游走的灵魂。

这些静止的人与村庄融为一体,成为村庄的一部分。

人用几十年的时间,把一片荒野犁耕肥沃,把一间瓦屋盖高两层,把一群孩童养成大人。他们收割了一年一年的粮食,把水渠挖深了一尺又一尺,烧掉了成垛成垛的秸秆和树枝,一生都在向村庄索取,死后还要占上一丘之地。

多少年,一代人生育出下一代人;多少年,一代人把上一代人埋葬掉。除了人和牲口,村庄的其他事物都从地里生长而来,要么破土而出,要么拔地而起,但人总是厚着脸皮说自己是土生土长的。反正除了人以外，没有什么东西会与人争辩。人常常把不听使唤的牲口拴住，怪牲口不够安分，然后自己跑出门四处蹦跶，满世界瞎窜，不好好杵在原地，向下扎根。虽然人不从地里长出来，但终究也逃不过尘归尘、土归土的命运。一个人在地面叫嚣几十年，临了被埋入土时一声不吭。

有些人天赋异禀，打娘胎里练就了独门技能，被称为能工巧匠；有些人生得俊俏可人，举手投足都能倾国倾城；更多的人平庸无奇，像一片挨着一片的庄稼地，说不上来张三、李四、王五之间有什么不同，相似的嘴，相似的脸，同样直立行走的躯壳下包裹着对丰收的强烈渴望。

每当云遮住天空，身处同样的阴霾下，谁的头顶都是一片灰蒙，没有哪个人看上去比其他人更光鲜靓丽。人不是太阳，需要光辉的照耀，才能绽放异彩。

我肆意生长的那些年，总以为自己是块料，必有大用。总相信自己能够摆脱村庄，去另一个地方换一种活法。那时候，我有宅有地有脾气，洋洋自得，不可一世，全然不知自己未来会去到县城里辛苦讨生活。我喜欢听祖父在除夕夜总结一年的收获，但我并不关心他收获了什么，我只是对他侃侃而谈的表情和幽默的言语饶有兴致，因为无论结果比去年多或是少，他都会将盅里的酒一饮而尽。我从他皱紧的眉头和紧闭的眼睛判断出，酒是辣的。我不明白他为什么要把这么辣的液体喝进肚里。我听祖父总结了很多年，至少有十二个年头，大体知道了他的价值取向和毕生追求，无非就是两字：攒钱。但我始终没有弄清楚自己是哪块料子。

在我还没有离开村子之前，一些人已经开始离我而去。

第一个走的人是我的外祖母，因突发的脑出血，世界在她的眼前轰然黑寂。两年后是祖父，一场车祸从天而降，终结了他的“攒钱”人生。再后来是祖母、大舅、姑母。他们被活着的人注销户口，深埋入土，然后被村庄一点一点地遗忘掉。

活着的人也在等待自己的死亡，既有惶惶不安的恐惧，亦有遥遥无期的焦虑。

待到阴云散去，人们才看见，云层之上，仍是晴空。

（二）颗粒无收

人们争先恐后播完种，便开始巴望着下一季长出丰硕的果实。耕耘之外，大把大把的时间被荒撂一地，没有人捡拾。

村西头那块原本属于我的地，现在被别人种着，长满另一种脾性的庄稼，于风调雨顺的年日里等待另一个人的收割。在这里经营一辈子，无论曾经收获过多少颗粒饱满的果实，除去那些被胃消化掉的，似乎最后并没有剩下什么。那些被人和动物吸收进身体的粮食转化成思维和体力，在日复一日的劳作中又花费给了土地。这种循环是村庄的“物质守恒”。

我走的那一年，很多人还活着。人们用不足两米高的围墙圈出自己的宅地，给同居的牲畜隔出一间简陋的窝棚，任由它们在方寸之地上吃喝拉撒。院子里的东西不论大小、轻重、死活，哪怕是从天空飘洒下来的雨水，只要落入了墙内，就成为这户人家的私有财产。人们会一季一季、一年一年地从田地、村外、别家搬回粮食、农具、草料和砖头，堆放在院子的各个角落。然而，几代人花费几十年的时间都没有能够把院子填满，贫穷依然困扰着大多数村人的肉体和精神。

人在消耗土地营养的同时，土地也在消耗着人。

泰余年轻时笔直的身板耕作到五十岁时已经很难挺立。弓腰驼背似乎是每一个村人久居尘世后的姿态。他用半辈子积蓄给儿孙盖了一座洋房，白墙红瓦，高门大院，自己还没住上几年，便撒手人寰。拆迁那年，这座洋气的大房子第一个被浩浩荡荡、远道而来的挖掘机推倒在历史的风尘中。泰余一生都在费尽力气从地里向上拔出东西，而地心引力则像一只无形的手，时时刻刻把他的身体向下拉扯。

人跟地较的劲，终究都是白费的力气，人拗不过地。

有一些聪明的人早早就看破了结局，看穿了注定两手空空的人生戏码。二十岁前，他们依靠父辈养活，二十岁之后，他们吃光祖宗的老本，把孩子养成劳力，教育孩子努力干活。四十岁时，他们便把土地交予后辈，提前过上无忧无虑的日子。但聪明的人毕竟是少数，多数人的短视使他们无法对牲口跑出围院、渠水淹没田路、荒草盖过庄稼坐视不理。

我不是个精明的人，但我猜到自己会在这片土地上落得颗粒无收的结局，便在那一年偷偷跑去别处耕耘。跟我一起离开的，还有晓东、晓林、国栋……看起来像一场早有预谋的潜逃，我们拼命奔向远方，逃过村庄为自己安排的宿命。奇怪的是，当我们穿过城市的车水马龙，阅尽酒绿灯红，内心的某一处却始终是空落落的，像村人的院子，总也无法填满。

我走之后，泰富承包了我的田亩，被他一起承包下来的还有半个村的土地。他接续了村人的意志，把地一年一年地种了下去。泰富一家人靠着上千亩地发了家、致了富，让很多曾经奔逃的人意识到“选择”带来的“机会成本”，悔不当初。

人错把种子撒进邻地，看着别人收获本该属于自己的果实，心里确实不是滋味。

现在，我已经找不见回去的路。那些原本横在村子里的路，在我走后被农机耕平；那些原本能够指引我找回故土的人，很多已被埋入土里。村庄与村庄合并，土地与土地接连，一望无际的田野长满沉甸甸的稻穗，丰收之下，荒芜的是人迹。

但我知道，远在村外，还有一些无人问津的地域，生命野蛮生长，自由伸展，盘根错节，葱葱郁郁。

（三）来去匆匆

在村庄几十年风雨里随波逐流的人，没有被历史记住，丰裕或贫苦，激荡或平实，得失悲喜，只此一生。

有一些男人，总在年头背包远走，临近年尾才风尘仆仆归来。这片土地似乎只是他们匆忙旅程的歇脚处。女人们心甘情愿地在黑夜里独守，没有父亲陪伴的孩童照常长高、长大。他们让留守土地的人，像庄稼一样经受漫长时季的等待，在阳光和雨水的交替中自己成熟。他们不在的时候，家里的女人被几个老光棍远远瞄着。他们的孩子经常被不怀好意的人教唆着干些顽劣的傻事。这些男人把一生的大多数时间和精力都安排给了异域他乡，等到年迈体衰、病痛缠身才回到这里。没有人谴责他们的薄情寡义。

那些被人们常挂嘴边的远近闻名的贤士，于我而言，只是几个熟悉的陌生人。终日在村子里闲逛的我鲜少见到他们的庐山面目。数十年前，他们留下了发奋图强、逆天改命的励志故事，然后把功名成就带去了别处。他们的辉煌没有给贫苦的村庄带来多少荣光和迁变，只是激励了一群又一群年轻人远走高飞。村人把他们的事迹说了一遍又一遍，我就漫不经心地听了一遍又一遍。他们在外面的身份再高、事业再腾达，跟我又有什么关系嘞？

七组的大来在城里的买卖越做越红火，每次回来都会带走几个愿意为他干活儿的人。这些年被他带走的人都在城里置了房。这片谷丰物裕的沃土在人们的心中更像是一块不毛之地。越来越多的人不愿久居于此，更不会有谁远道而来。有段时间我也想跟他一起走，反正我在这里也没有什么正儿八经的事情可以干，挣俩小钱还可以给我的屋子里添台风扇。我走到大来家门口，听到门里的谈笑声，却没有敲响门板，而是转身离去。

我经常梦见的，向阳桥头那个在绝症里挣扎的中年人，他满世界寻医问药，眼看大限将至，仍然想方设法地多活几日。他那破旧的屋子里连只老鼠都没有，随便从东南或者西北吹来的风，但凡再猛烈一点，都能刮倒他的院墙和房子，使他一无所有。不过，村人们常常念叨“宁在世上挨，莫往土里埋”，听起来似乎解释了一些缘由，但又好像没有完全说明白。

人只有倔强地昂着头，才能用喋喋不休的嘴舌维护自己的尊严。死去的人无法澄清田间地头别有用心的流言，只能在对手肆意的谩骂中乖乖沉默，任草叶落满坟头。

那些年，我没有在村庄见过完美的东西。我知道，一切看似完美的东西都有不为人知的瑕疵。柔软的田路的某一段是坑洼的，清澈的渠水在暴雨天是浑浊的，新修的房檐下总有隐匿的裂隙，平静的夜晚潜藏着危险的注视。在这里繁衍生息的人们，悄无声息地来，默不作响地走，一个个行色匆匆。

多年以后，人们对于土地的记忆，成了这座村庄仅存于世而又无从寻觅的尸骨，在逐渐老去的头脑里模糊散淡。

有些人不属于这里

我出生在徐州铜山，直到七岁那年才回到这里——一座沿海小城里的偏远村庄。

村里路面泥泞、房屋低矮、沟渠纵横，漫野的庄稼夹杂着荒草等待收割，芦苇丛围占河堤，密得连风都钻不进去。这里的每一件事物看上去都似乎是要将人永远地困住。

刚回来时，我一直把自己当外乡人。很长一段时间，我能感觉到村里的人和牲口也是这么看待我的。

那时候，我不怎么开口说话，因为但凡我应了谁的话，迎接我的将是一堆无休止的问题：小家伙从哪里回来，能否听懂本地方言，是否吃得惯家乡饭食……村里的狗见了我会“汪汪”狂吠，羊见了我会“咩咩”直叫，还有野坪里散养的鸭和鹅，一边远远地走开，一边“嘎嘎”回头朝我嘟囔着什么。我权当它们是在热情地打着招呼，反正我也听不懂牲畜的语言。

我稚嫩的北方口音在很多年后才被村人同化。大概就是我学会本地方言的那一年，我终于认识了全村的人，假道士张四，桥头商店老板，村西头的傻三……见了谁我都能打声招呼、聊上几句。

我听不懂张四念的经，听起来跟那些假和尚念的如出一辙。我偶尔凑上去请教张四经文的内容，他只是笑一笑，然后一本正经地摇一摇手。

桥头商店的老板是个瘸子，没人谈及过他是怎么瘸的，但是他腿再怎么瘸，也没有影响到店里的生意，甚至经常有人气势汹汹地找上门说瘸子卖了假货，可临走时却是乐呵呵的。瘸子有一张能说会道的嘴，这张嘴撑起了他那条瘸腿。

傻三是镇上一个干部的儿子，不知道具体姓什么，甚至连他的名字究竟叫“三”还是“山”，我也一直没弄清楚。因为对于这两个字，方言的读音相同，而且几乎每家每户都有个叫“三儿”或者“山儿”的人。小儿麻痹症后遗症使他看上去有些异于常人。他走路时扭曲而夸张的肢体动作，观感很差，孩子们见了都怕。我经常在屋后的鱼塘边遇见他，有时还会短暂闲聊。他说话时思路清晰、表达清楚，并不像个傻子。我相信有些村人对他是存有偏见和误解的。

这些人跟我一样，常常形单影只。

村里有很多“圈子”。平日，同一个圈子的人三五成群围坐在老树下、院门前、田埂上，有说有笑。我没有能够融进谁的圈子，也没有建立起自己的圈子。所以每当我走近他们的圈子时，他们一圈人会明显警惕起来。

一个没有圈子的人很容易被其他人列为提防和孤立的对象。

我并非不合谁的群，我只是把所有人都当成“自己人”，没把自己当外人。但后来想想，我一直没有参与过村里的劳动，算是个不用种地的农民。这可能是我被边缘化的原因之一。在这里，没有人看得惯一根闲槌子。

忙碌总要在一年的那几个月停顿下来。这本是村庄生活最惬意的一部分，但总有些人把一年的时间排得满满当当。他们看起来似乎拥有比一般人更旺盛的精力和更高远的目标。他们干完村里的活儿便急匆匆地走了，远去村外四处觅活儿干。他们不愿意在村里荒度那些闲散的日子。

事实上，没有人在农闲时真正闲着。

人无远虑，必有近忧。当我殚精竭虑对未来一筹莫展时，村里的其他人也在思虑着大大小小的烦心事。他们担心一场大雨淹了秧苗，祈盼冰雪能够冻死虫卵，一遍又一遍地向儿孙交代着自己死后的事情，再花些时间把过往的日子捋一捋，把心情收拾收拾，把几个月后的劳作谋划谋划。

自我离开这里，便努力寻找着自己的归属地，从一个村庄远去另一个村庄，从一座围城跳进另一座围城。一个人如果不能从心底接纳一片土地，身居一隅却心系他域，便注定漂泊无依。

所以，我一直孤独地活在对远方的期待中。

黑

五岁那年，还没见过世面的我第一次看到外祖母圈养的一头黑母猪，它迈着六亲不认的步伐在猪群中打转，看上去比其他的猪更壮实、更蛮悍。它庞大的黑躯在我的眼前左摇右晃，强烈地冲击着我的视觉。

幼小的我第一次被“黑”震撼到，以至于往后的几十年，我都一直在克服对“黑”的恐惧。

过去很长一段时间，在我所生活的那个村庄，电是一种稀缺品。虽然家家户户都从屋外的电线杆上接入了电线，但电却时有时无。常常晚饭吃到一半，灯突然就熄了。每当父亲点燃蜡烛，烛光颤颤巍巍，人影在墙壁上蹿动，空旷的屋内，没有被照亮的那部分显得更黑。

我很难不去怀疑和忧虑，在我窥视不见的空间里，是否隐匿着一群面目狰狞的未知生物。它们在黑暗中盯着我流口水，待那微弱的光亮熄灭，便一拥而上把我撕碎，吞进肚里。这种疑虑困扰了我的整个童年。

在一个孩童眼里，夜幕每日从东边慢慢爬起，在到达西边时一下子就塌落了。入睡前，孩子们都希望夜晚能够过得快一些，白昼能够快点儿到来。

万物向阳而生。村人把屋子统一朝南盖，盖好房子后再用院子在房前围出一片空地，以免其他新建的房子遮挡了自家的采光。城里人置房，也会首先考虑楼层和采光。谁也不愿意被另一件事物遮蔽，长期生活在别人的黑色阴影里。

但并非所有的事物都见得了光。卢四每次约会相好的女人都是摸着黑去的。泰元总是深更半夜往友谊河里撒网，又赶在天亮前收走。狗也喜欢在人熟睡后跑去荒地找合口的粪便，早上回窝时一身臭味，好些日子都散不去。黄鼬则专挑光线最暗的丑时偷鸡吃，免得跟人一样，偷不成还倒蚀一把米。

黑夜里的很多人、物都没闲着，他们在暗处干的事情比白天的更惊险、更刺激，也可能更卑鄙、更龌龊。所以，“黑”被人们贴上了“邪”的标签，赋予了“恶”的属性。

我只是不明白，这些在暗地里发生的见不得光的事情，又是怎么被其他人发现的。

有些人若是看不惯谁，就会迎面脸一黑，背后想尽办法爆对方的黑料，或者干脆无中生有，编出是非造谣、抹黑对方。“黑”表达了人的一种厌恶的态度。这是我从村西头那群妇人的闲谝里总结出来的。所以，我从来不盲信谁的话，任何流言在我这里都要被重新审视。

除了天会黑，有些时候，人的日子也会变黑。人的一生总要经历一段或长或短的黑暗日子。所有的愿景在那段日子里都黯然失色、毫无头绪。失意、挫折以及巨大的精神内耗会使人变得虚弱无力。不幸的人被彻底击垮，幸运的人绝境重生。从那段黑暗日子里走出来的人，才能真正地成长，并比以往更强大。

黑暗中蕴藏了苦难，也积蓄着更加深厚的无畏的力量。

苔藓躲在房檐屋后静静生长，却能四季常青。草籽深埋地底，当汲取了足够的营养时，便会破土而出。村人滚热的血液在心脏漆黑的房室里奔涌，所以生命不止。

我很庆幸自己的那段黑暗日子远远地走了。但我也知道，它有可能还会回来。

卢四奋不顾身追求的“爱情”，使他声名狼藉、妻离子散。泰元心心念念的那些鱼，不止一次地把他拖进了野沟里。黄鼬在它想叼走的那只鸡面前，被铁夹咬断了腿，成了人的裘皮。

总有人独行其是，在自己选择的一条路上，固执地走到黑。

村里的老人们常常谈及谁的眼前一黑，便不省人事，口中说着别人，心里却是想的自己。生命从母体黑暗的子宫里诞生，见识了世间的五颜六色，最终还会回归黑暗的尽头。我怕黑，从前怕，现在依旧怕。

黑，是开始，也是结束。

认 地

那时候我十岁出头，比一株熟透的麦子高不了多少。我喜欢跟植物比高矮，迫不及待地想长成大人。我弱小的身体包裹着一颗渴望强大的心。

我经常搜集一些棍子，有扶桑的枝条，有芦苇，还有竹竿。它们是我童年的宝贝。我把它们折断至方便挥舞的称手长度，然后磨削光滑，在上学和放学的路上，用它们抽打无人问津的野草、野花，还有路两边一些长得比我高的庄稼；有时带上它们去干涸的河岸或是隐蔽的土庙中探险，也用它们驱赶来犯的恶狗，击落飞起的虫子。

夜晚入睡前，我会把它们藏到床底下，或者门的后面，以防被祖父拿去当柴烧了。祖父烧掉了我的好几根棍子，还是制作最精良的那几根。我能感觉到，祖父对于我的闲散是不满意的。他在我这个年纪的时候，已经开始承担家里的大部分农活儿了，但我只管沉浸在自己的欢乐中，根本不理会他的不悦。

我去过村里很多地方，那些有人去和没人去的，我都去过，大体熟悉每一条路通向了哪户人家，但却不清楚自家的田地具体在什么位置。农忙时，父亲和母亲下了地，我就坐在屋前远远地看着，他们的身影一会儿站了起来，一会儿又弯了下去。

父母亲常常跟我说，不好好读书的人，以后就要回村里种地。听上去，种地是一件很不体面的事情，至少没有读书来得体面。他们用这样的言辞恐吓我，以达到敦促我勤奋学习的目的，却不知道在我看来，种地是一件简单有趣的事，因为那时候我还不能体会什么叫作劳苦。不只是父亲和母亲，村里的人们都这样，一边吃着地里长出的粮食，一边用言语贬低种地的自己。我很难理解，这是一种怎样的心境。

很长一段时间，他们不让我下地，只把我一个人留在家里。在我的眼里，每一块地几乎是相同的样子，长方形，黑乎乎，一片挨着一片。我觉得去与不去都没有所谓，一块地对于那时候的我没有太大的吸引力。

有一天，父亲突然兴起，要带我去认地。我抱起小板凳，一路跟到了田岸，然后放下凳子，稳稳地坐了下去。光天化日，一块地赤裸裸地横在我的面前，我先看了看左边的这块，又望了望右边的那块，始终分不清楚几块地之间有什么不同。我不知道大人们是怎么做到在隔天之后回到这里，仍能准确辨识那块属于自己的田地的。他们可能在日复一日的耕耘劳作中，形成了某种难以言说的直觉，类似于一个人的生物钟，头一天晚上睡了过去，第二天早上不需要谁来叫唤，也能准时醒来。人们走再远的路，去再多的地方，只要回到田间，便能毫不费力地指出自己的那块地。

一块地不像人的面孔，有着许多鲜明的特征和特殊的比例，鼻头上的一块痣，额前的几道纹，暴露的牙齿，细眯的眼睛，或者厚厚的嘴唇，每一个特点都能让我清晰地识别出一个人，并喊出他的名字。但是相邻的两块地，有大致相同的形状，灌溉后反射着同一片天空，看上去像一面镜子，种着同样齐刷刷的稻子或者麦子。对于经年不下地的我来说，很难区分开来。

我用凳脚在田头划出了一个标记，留着下次来的时候辨识，但是没过几天，就被人三下两下地踩平了。

后来，父亲教了我一个办法，让我每次沿着来时的路一块一块地数过去，当数到第九块，那就是自家的地。我记住了这个实用的方法，并且一直用到了二十五岁。而那一年，人们的房屋和土地被政府征收了，全村的人都搬出了村子。那些原本用于区分各家地的田埂小路统统被犁平，放眼望去，整个村庄成了一块无比广袤的巨型田地。人们再也没有办法认出其中的曾经属于自己的那一块。一群劳作了大半辈子的农民从此过上了不用种地的日子。

我离开村庄很久以后，仍然沿用认地的方法来定位一场会议的座次，避免占了别人的位子。我同样数着顺序来辨识小区的一栋楼，辨识一栋楼的某个单元，辨识一个单元里的第几层，但偶尔一不留神，还是会走错了屋子，敲错了门。

二十年前，认地是我厘不清头绪的一件事，而到了现在，认人又考验着我日渐衰退的记忆力。通讯录里的名字越来越多，很大一部分我都不能凭空回想起它们所对应的那个人的样子。还有越来越多相似的建筑、相似的路口、相似的着装……一个人如果不能在似曾相识的错觉中认清目标，就会无所适从，迷失自我。

好比生活在村庄的人们，若认错了地，忙碌也会是徒劳的。

剩下的人

这是另一个村庄，它位于县城的西南位置，与我的村庄相隔百里，同样生活着一群老掉的人们，他们零星聚集在马路边、院门前、屋檐下，缓慢地挪动身子，说着我熟悉的方言，时不时，看向远方。

半年前我还在城里按部就班地工作，不曾想过生活会起什么波澜。我是个安于现状的人，能坐在一间敞亮的办公室里，写着千篇一律的文字，便心满意足。但有时候，意料之外的安排总是来得突然。

我花了两三天的时间熟悉村子的环境，沿着村里的几条干道、支道边走边看，尽量把路线走成一个闭环，这样可以避免体力和时间上无谓的消耗。偶尔能碰到一两条目光呆滞的狗，横在路的中央，就跟横在窝棚里一样，人不使劲吆喝，它们就不会起身避让。偶尔能听到院内传出几声羊咩、鸡叫，尽管隔着墙壁，但我能感觉到这些牲畜对自由和食物的强烈渴望。遇见更多的，是一扇扇紧闭的门窗，鲜有人的踪影。

与二十年前相比，现在的村庄，房屋高了，道路宽了，环境美了，只是生活在村里的人一年比一年少了，人的样貌一年比一年老了。

我去过他们当中一些人的家里，东一句西一句地聊了几句，但这需要提前约好时间，否则只会白跑一趟。

有几个人的听力出了问题，我把一句话说出去，很长时间都看不到他们有任何反应。我大声地重复了几遍，然后耐心等着，直到对方会意地点了点头，我却仍然心存疑虑，不知道他们是不是真的听了进去。

有几个人孤苦伶仃，独守一片空荡的院子，在两根腐朽的木桩之间，晾晒着一件旧褂和一条褪了色的裤子。

有几个人病痛缠身，常年卧床不起，过着“衣来伸手，饭来张口”的痛苦日子。

人们一入夜便会早早地睡去，但是道路两旁的灯仍照常点亮。似乎有人会在深夜里走一趟乡村小路，欣赏一片漆黑的田园风景。

我白天在田岸奔走，夜晚回城栖息，渐渐习惯了在喧嚣和宁静之间频繁切换，习惯了在拥挤和空旷之间来回辗转。

村里召集过几次大会，来的都是六十岁以上的面孔。我担心他们听不见，反复把话筒提到嘴边，当音量突然高上去，他们会不约而同地看向我，神情专注，像长辈在聆听孩子的歌唱。这些人已经看惯了世间的一切，他们的情绪很少再有大的起伏。年纪再长一些的几个人，一直努力睁大着眼睛，他们竭力撑开的上眼皮和下眼皮，像是两块磁铁的正负极，似乎随时都会合上，而一旦闭合，就算天塌下来也不能惊醒他们。

会议结束后，人群开始一点一点地散去，那速度跟电影的慢镜头一样，短暂的时间里，每个人不会产生特别明显的位移。有几个实在走不动的，我们驱车将他们送回了家。对于他们来说，一场会议最长的过程不是谁的讲话，而是开始前和结束后的——那几道不可逾越的台阶和一条回家的必经之路。

我们在村南的一块旱地上，举行过一场简单的播种仪式。一群妇人戴着草帽，挎着装满种苗的筐，等村干部剪完了彩，人群鼓完了掌，她们就蹲下身子，用锹把土埂挖开，插入种苗，将泥土拍打结实，间隔二十厘米，再种下另一株。

我学着她们的方式，种上了整齐的一排，大概几十株的样子。她们停下手中并不紧要的活儿，看着我这个半吊子农民种完了一小块别人的土地。

播种，是这场仪式里我工作的一部分，但却是她们几十年村庄生活的全部。村里的绝大多数土地已经被大户承包了，那些剩下的为数不多的就是她们自己的。她们靠替别人种地来获取报酬，替自己种地来填饱肚子。还有不少人，一块地也没有留给自己，在村庄过着不用种地的闲散日子。

人们种着自家的地，并非一直都能相安无事。他们会为两块田的界线争执不休，会为了抢种水渠的斜坡恶语相对，会偷偷挖窄一条路来扩张种植面积。

钱大的田阻断了王二家农机的去路。两家人修好时，王二的拖拉机借钱大的田域入地；两家人交恶时，这事情就成了村干部的难题。等到他们倾诉出几十年的矛盾纠葛，我们竟没了主意，断不定谁对谁错，听起来似乎谁的话都有些道理。

村里的年轻人大都去了城里，他们一年到头也不会回来几次，留下这些老迈的腿脚，在地里完成最后的耕耘。我听说一些人几年甚至几十年没有再回来过，他们彻底地扎根在了另一片土地。

虽然我毫无征兆地来到这里，但却带着明确的心愿和目的，希望给村庄的人们提供力所能及的帮助，让他们未来能够过上比现在更加美好的生活。我一直怀疑着自己的能力，我知道他们也在怀疑。

他们，是村庄仅剩的农民，用自己剩下的时间，延续着村庄的生命。但终有一天，他们也会离开村子，或是去到城里，或是埋入土里。而那时候，谁会来接手这里的一切，入住他们的房子，收割他们的麦子？

出 路

这个县城里的每一条路都有一个明确的去处，没有哪条路单独地躺在地面中央，既无接连也不通达。我们或前或后、或左或右地奔走在其中的一条上，步履匆忙。

每个清晨，当人们走出家门，不会随随便便就踏上一条路，漫无目的地游走。人们会仔细想好今天的路径，这条路径既不能拥堵，也不能泥泞，更不能太过迂回。你可以为旅行选错一个日子，为彩票选错一列数字，却不能为自己选错一条出路。一条崎岖不平的路可能会延误一班车、一场会议、一次谈判，尔后是一个人的一生。出行前应选好要走的路，少走弯路。这一点我深有体会。

刚来城里时，我还没有改掉在村庄养成的习性。我毫无顾虑地走着陌生的路线。我以为就算走错，也能像在村庄一样，偷偷蹚过某户人家的稻田，直达目的地。除了河流我不能逾越，其他的阻拦对我来说都是摆设。然而在这里，挡我去路的是一座座百米高楼和一圈圈装有电子脉冲围栏的围墙。除非我身轻如燕且有飞檐走壁的本领，否则只能乖乖绕路。

在工作日里碰的“壁”，我会乘着休息的时间去“攀越”。

除了上下班必经的几条大马路，我还会在周末去走一些鲜为人知的小路，其中大多是老民建区的巷陌。它们交错穿插在城市楼宇的间隙里，两边是墙，墙根有苔藓，偶尔冒出一根野草，狭长却很清静。有时候遇见一户人家院门大敞，长长的木盆里泡满了换洗的衣被，一位身着长裙的美丽妇人正晾挂着刚洗完的衣物。如今，这样的巷陌已寥寥无几，城市发展的每一步都会翻新一条陈旧的路。这样的翻新还会蔓延到城市以外的乡村，让那些远在城外的人们再无老路可走。

城里的一个人，二十出头，或者学成归来，或者远道而来，租一间小屋，找一份薪水勉强够活的工作，周而复始地奔走在一条路上；到了三十岁，工作换了好几份，工资足以养活伴侣和孩子；四十岁时，似乎活出了一点头绪，偶尔约上几个朋友叙叙旧；五十岁时，便看着孩子们踏上自己走过的路。

一个人循规蹈矩地走一段平坦的路，便不会四处碰壁，不会坎坷流离，不会介入纷争，不会落进陷阱，守得住生活的秘密，经得住流言蜚语。

时间给大多数人都铺设了一条路，需要我们老老实实地走上一辈子。在这条人生长路里，只有极少数人用智慧和汗水改变了一座城，绝大多数的人都在岁月里被现实改变了。我所能改变的只是几张桌椅的位置，一台钟的走时，一只虫子的去路。我曾经努力让一场变化深刻而持久，于是抓起锨跑去田地挖了一条又深又长的引水沟，抡起锤子往后院的洋槐上狠狠地敲进了一根钉子。往后的几十年，我所挖掘和敲击的事物都不会轻易地复原或消失，它们会于无声之中坚守形态。

这天，我在城里的一条路上昏昏欲睡，车子突如其来的颠簸惊醒了我。我在如梦初醒的那一刻，忽然感觉自己的灵魂像是飘浮在高楼的上空，随云朵舞动；又好似躺在一场暴雨中的石缝里，静观其变。

无吠之狗

很多时候，我不知道自己能干什么，想干什么，该干什么，在平庸里挣扎，每每意气风发，又安于现状，像是窝在棚里的狗，来人时放肆地叫两声，被主人一顿呵斥后，又狼狈地钻回去；抑或是一条认清现实的老狗，每日在门外的空地上兜转两圈，然后伏地养神，任谁从眼前晃过都无动于衷。

且不说我活出了狗的脾性，这些年，我隐约发现村里的狗越来越像人。

我也算得上是阅狗无数了。聪明的、愚笨的、凶猛的、温顺的、活力四射的、安分守己的，跟人一样，狗也有自己的情绪和性格。但是生活在村庄里的狗，无论属于哪一种，见了陌生来客，都会放声与之较量一番，不必针锋相对，哪怕漫不经心，有一声没一声，高一嗓子低一嗓子，也算是尽到了一条狗看家护院的责任。古语有云："夫宵行者能无为奸，而不能令狗无吠己。"意思是说，走夜路的人，尽管可以恪守自律，不作奸犯科，却不能使巷子里的狗不对着自己乱叫。

然而，我在生活中就遇见过那么一条狗，从始至终，未闻其吠。

那是一条通体乌黑的瘦狗，在一个寒冷的冬天突然地出现在妻子老家的宅院中。我们把邻里问了个遍，没人知道它的来历。几番斟酌，家里人最终还是收留了它。

狗的要求不高，你给它一间窝棚、一碗剩饭，它就会忠实地替你看门护院。好长一段时日后，我发现这条狗显得与众不同，更像是一只腼腆谨慎的猫。每每有客来访，它总是低着头夹着尾巴躲得远远的，露出一副惊恐的“猫样”。

家中的伙食还算可以，也没有亏待过这条狗，人吃啥，便给它吃啥。但是几年过去了，这条狗依然很瘦，一根根肋骨清晰可见。你给它丢过去一块肉，它只是呆呆地看两眼，无动于衷。甚至邻里的狗来搜寻它碗里的食物时，它也只是窝在棚里一声不吭。一条不会抢食的狗，显得与世无争。它吃不完浅浅的半碗饭，没有一条狗应该具备的胃口；它喜欢蜷缩在羊圈里，温顺地与羊为伍；它从未主动离开过院子，完全丧失了狗的好奇和躁动。我琢磨着，它应该跟人一样，不仅肠胃不好，而且有些内向甚至孤僻。

沉默的人我见多了，他们于隐秘处观察和积淀，在无声中运筹和权衡，以静制动，以不变应万变，在沉默中蓄势待发。一条缄默的狗是我始料未及的。它难不成是在潜伏酝酿着什么，等我们所有人都放松了对它的警惕，等它取得了我们所有人的信任，就突然地爆发？我一边忧虑着，一边有意无意地忽略着它，好似它从未来过这里。

邻里串门，最烦狗吠，一声起，一片应，一阵高过一阵，顷刻之间，整个村庄沸腾了，人听不见人的声音，甚至听不见自己的声音。这条安静的狗反倒显得难能可贵。

时至今日，科技进步，网络盛行，博客、贴吧、论坛，技术史无前例地拓宽了人的言论空间。这世间的任何一丁点儿风吹草动都能引来铺天盖地的评论。生活在这个时代的人们获得了空前的言论自由。我很担心用不了多久，人们再也遏不住谣言、躲不开诋毁、澄不清事实。

在这个人声鼎沸的聒噪时代，一条狗选择了缄口。

去而复返

在我盲惑无知、年富力盛的那些年，我以为自己能够跳得很高，轻轻一跃便能触及高悬的屋檐；我以为自己可以在一条路上走很远，去往村庄以外的村庄。

村里每户人家门前都有一条小路，它们从不同的起点汇聚到宽阔的大路。过去这些路都是用泥土铺成的，一经雨淋，便难以涉足。儿时的我不能沿着泥路走很远，因为我没有一双轻便的胶靴，如果光着脚丫走，极有可能被藏于土中的尖锐物割伤。我老老实实地坐在院子里，把玩着草根和泥巴，等母亲从田地里回来做饭。那时候村里跟我一般大的孩子大都这样，安分地度过一个又一个雨季。

有一天，十几辆装满石子的拖拉机排着队从远处驶来。村人们扛着铁铲，跟在拖拉机的后面，给村里的泥路铺上了厚厚的一层石子。从此，无论是炎夏的暴雨，还是寒冬的解冻后，我都能沿着门口的路走上很长的一段。我沿着它一路向北或者向南，都可以到达开阔而平坦的地域，年幼的我由此开始眺望远方。

村里的年轻人，十八九岁的样子便会从家门口的路启程，去往繁华的都市，求学，务工，成家立业。他们不会再像父辈祖辈那样，生来便掉在了村庄，跟土地打上一辈子的交道，到死也不会离开。这些年城市发展日新月异，高耸入云的楼宇、五颜六色的灯光、时尚靓丽的店铺，强烈地诱惑着村庄里一颗颗年轻的心，土地和庄稼再也留不住这些蠢蠢欲动的心。

我记不清那是石子路铺好后的第几个年头了。那一年我也踏上了门前的路，往一个不清不楚的方向走了很远，拐了个弯，便顺利地离开了村子。我穿过城市的汹涌人潮，领略一番繁花似锦后，又选择回到了村庄，回到家门前的小路。然后，每天在这条路上朝着一野的风里走几步，到晚又走回来。

几年前与我一同远行的人，他们都再没有回来，他们被繁华留住了。我不知道他们是否会在异域他乡时而想起村庄，想起把他们喂养长大的庄稼，想起对他们思念至深的亲人，想起他们欢乐纯真的童年往事。但我知道整座村庄都在盼着他们，期盼这群远行的年轻人载誉归来。我不忍看向那些望眼欲穿的人，他们一次又一次走到村南的马路上，向着年轻人的去路凝望。

村庄里鲜见像我这样年轻的身影，所以我格外引人注目。经常会有长者凑上来问："准备逗留多久？什么时候远走？"我只能无奈地应一句，"过些天就走"，然后悄悄地把自己藏上几天，免得隔天又被他们撞见。

我日复一日在村庄晃悠。屋后沟畔那座两米高的草垛已经被泰余家的灶膛燃去了一大半，我却仍然每天站在村北野地的土丘上无所事事地东张西望。在我看来，一个人可以活得像一条温顺的狗，捡一根被弃的骨头就无比满足，不需要对这世界野心勃勃。而那些在深夜里远奔的狗，一不留神就掉进了偷狗贼的陷阱，永远地消失了。

人们不知道，是繁华留不住我，还是村庄唤回了我。他们看到的是我在那条路上去而复返，像一只风筝放飞天空，待风走云闲，又落回地面。

消逝的村庄

那条原本通往院门的小路杂草丛生，我几乎不能辨识它的存在。几年前，人们迁走的时候，把院门连同屋子推倒在这条路的尽头。小路便不再有人过往，时间久了就被淹没在丛生的杂草里，淹没在凌乱的记忆中。

谁会知道这里有我的过去？谁又知道我的家人曾在这儿建过院墙、盖过楼房，房子里有一张小床，铺着厚厚的棉被，柔软而温暖？每当踏足这里，过往的画面便在眼前一帧一帧地浮现。我看到，一个婴儿呱呱坠地，依偎在母亲的怀抱嗷嗷待哺；一个男孩站立不稳，摇摇晃晃走向父亲；上学的路上大雪纷飞，遗落在身后的脚印一深一浅；从城里来的挖掘机推倒了老宅，在飞扬的尘土中留下一面孤立的墙；妻子挽着我的臂膀热泪盈眶，司仪宣布了婚礼的开始；女儿欢快地跑来，一把抱住了我的大腿……

我早在人们搬走之前就去了别处，又好似从未离开。从这里出走，纵使路途艰辛，纵使漂泊久远，归来时，心绪总能平静如初。仿佛落在人肩膀上的尘嚣纷扰都被掸净，只留一身轻盈，与村庄这位久违的故人促膝交心。

整个村庄就像一场宴席，数十年前人们欢聚一堂，数十年后酒足饭饱便散了场。老宅屋后曾有一块生机勃勃的池塘，鸭子结队、鱼虾成群，好不热闹；此刻却几近干涸，被成年累月的流尘填平了底，仅残留着一湾清流，比过去浅了，比梦里暗了，比想象的乱了。是回忆淡了，还是风吹散了？是人遗忘了，还是水自流了？

人们在远方收割繁华，却不闻近处的荒芜。

那些靠近房前屋后的，水渠两岸集体栽种的，野沟边无人认领的，属于自己的或者不属于自己的，但凡比人高的绿植，统统被连根拔起。这里的树在一夜之间销声匿迹，只剩下残根断枝和满地落叶。人们临走前花了很大的力气把整座村庄的树木以一个称心的价格出售，只把钱揣进了兜里。

我一直想写点什么，来佐证自己的存在。可当我拿起笔，却又不知从何写起。一个平庸的人，即使富有理想，多半也是空洞的、轻飘的，毋庸托举，也知道遥不可及。我已经没有了儿时的耐心，无法像从前那样安安静静地坐在院子里经营泥巴和虫草，心满意足地做着一个人的游戏。当人尝过浮华，心生渴望，难免好高骛远，等到妄想落空，又会无所适从。

一个失去村庄的农民就像离枝的树叶，随风移走，偶尔飞越屋顶，偶尔掉入洞井，流散进街道，慢慢地枯朽。

我曾在这里努力地生活，努力地学习，努力地让日子变得富足和美好，结果所有的努力促使我离开了村子，而所有人的离开让村庄化为了平地。很多人大半辈子都在遥远村外的某处证明着自身的价值，遗憾的是，到死也没能看见自己的成就。人跟村庄有着相似的命运，历经沧桑，饱经风霜，最终拖着千疮百孔的身体在岁月里消失不见。

那些在街巷匆忙赶路的村人，心里一定住着一座村庄，一条通往院门的路，一间宽敞的老屋，一张温暖的小床。虽不能至，心向往之。

我看见一个人固执地走进荒野，背影模糊，逐渐消逝在萧瑟的北风中。

孤　傍

你终于放下
许多年没有放下的事情
与往日告别
与偏执的自己和解

耳畔影影绰绰飘来
父亲母亲唠嗑的声音
很久很久以前
昏昏欲睡的你
又一次睁开眼睛
看见年轻时的他们
面影模糊
挂钟摆转不停

时间托起入梦的你
不知疲累地东走西奔
多少年麦子熟了几轮
田岸耕平
多少年遍地盛放的野花
枯落根部
多少年院门紧锁
来人敲了又回
恍惚醒来时
家已荒芜

一个人流落市井
繁华和热闹成为淹没你的
另一种荒凉
人山人海以你为中心
四散开去
近在咫尺的
越发遥远和陌生
你努力活过的一世
历经岁月磨削
单薄如纸
随风飘摇
落无定处

你把一切收拾打包
搬空房子远去城外
一路尘烟四起
如同陈旧的记忆
于往事中翩跹飞舞
欢送故人别离
事实上你很清楚
这段旅途里已没有别人
那是漫长一生的最后一程
暮色苍茫
孤独傍身

我走之后

临走之前
多少大事堆在桌案
拿起又放下
多少次我冲出门外
又转身回到屋里
多少年后
我会义无反顾
留住我自己

我走之后
风卷帘起
一扇门经久未闭
谁站在那里默不作声
目送我背影远去
上满发条的钟又走了一阵停住
淙淙流淌的
时间没有静止
草籽入土生根
四季更替
一个人杳无归期
另一个人孤守家园
在空荡的院子
独自老去

我走之后
桑葚熟落一地
蚂蚁爬满柜台
来来回回搬空我的粮食
深冬里一场大雪遮天蔽日
纷纷扬扬埋没了
我的最后的足迹
隔年东墙角开出一朵两朵
无名野花
顽童们明显长高长大
痴情的姑娘为爱远嫁
村西头忙忙碌碌一群人
渐渐开始淡忘
忘记我曾说过的话

我走之后
谁入住了我的房子
将里里外外拾掇干净
谁接手了剩下的事情
日复一日重复我的过去
谁捡起了我遗落的笔
潦草写完
我荒弃的另一生的故事

始　末

我的第一声啼哭
被几个老掉的人记住
我还没记事的那些年
他们陆续走完了人世的路
他们留给村庄的院落房屋
无人涉足
在深夜漆黑的北风中
门窗和椽梁加速腐朽
多年以后一个雨天
坍塌成残垣废土
我的最初
承接了
他们的结束

我埋头之时
一些人姗姗来迟
一些事草草开始
谁的前胸贴近了我的后背
在队伍的末尾
望眼欲穿
谁疾行中踩掉了我的鞋跟
慌忙抬脚
一脸愧疚
时间截断别人的节奏
拼凑成我的
完整的一生

同样明媚或是阴沉的日子里
平凡的人悲喜交错
东边春风得意
西边满目忧愁
谁在光鲜的前半生
预见了后半生的潦倒落寞

多少年后
我年轻的身子
被一件过时的衣服穿旧
我的敏锐的耳朵
有意无意屏蔽了尖锐的言辞
我灵活有力的右手
按捺不住左手的颤抖
在我最后的叹息中
一群人朝气蓬勃
谈笑风生
一件一件接替了
我的全部

所剩无几

在我为数不多的旧物里
已经找不到一件东西历久弥新
或许我从来就没有用心珍藏
所以才将它们遗忘
弃置在生活触及不到的地方
橱柜的底层
门后的犄角
我远走他乡的那些年
它们在黑暗中静默
在潮湿的空气中氧化变形
像一个人坐上慢摇的椅子
于平淡的日子逐渐老去
青春不再
芳华尽逝

有几个陪我长大的孩子
后来的时间
他们去了哪里
我似乎在歇脚的片刻
不止一次
看到了他们的身影
但我不敢喊出他们的名字
我不确定时变境迁
他们是否还能记住我的样子
我现在粗犷的声音
能否唤回
他们童年关于我的记忆
成长让我们最终
失去了彼此

我独自饮酒的夜晚
半醉半醒
喃喃自语数点得失
我没有守住父辈的宅子
墙倒屋塌时　我转身离去
我荒弃了祖辈的土地
任杂草丛生
跑去别处耕耘
我丢下理应固守的本真
在喧嚣尘世追逐着浮光魅影
倾慕妄念虚名
曾经拥有的
早已所剩无几

那些被我不经意忽略的人和事

他们同样也忽略了我

我满不在乎　随遇而安

终将在那一年失去一切

包括一辈子没有实现的理想

还有一生中念念不忘的人们

最后只剩下

无所适从的自己

孤零零走向远方

温柔如你

依然清楚记得
多少年前的那些日子
我走过你的泥泞小路
每一步都没入了你的黑色肌肤
我住过你的青砖瓦屋
在盛夏的夜晚打着酣甜的呼噜
我喝过你黎明的甘露
在干净的田埂静静地等待日出
我吃过你孕育的食物
在悠长岁月一点一点长大成熟

那时候的你
青涩中透着纯真
像一个衣着朴素的年轻人
等待历史考官召你入门
你流露出紧张不安
而又跃跃欲试的眼神
在徘徊中沉思
在忧虑中转身
终于　你鼓足了勇气
迈进了时代的考场
用自己的聪慧和勤奋
改写前途命运

你在年复一年肆虐的台风中
经受着暴雨的洗礼
你在日复一日辛勤的耕耘下
收获了丰硕的果实
现在的你
自信中透着坚定
你开阔而平坦的脊背上
早已高楼林立　灯火通明
你伸展的纵横交错的手臂
四通八达　接天连地
把这里的人们送向了远方
把远方的人们又接到这里

我曾在心高气傲的轻浮年纪
信誓旦旦离开了你
幻想在异域他乡出人头地
直到跌跌撞撞四处碰壁
才在孤单的深夜
想起了温柔的你
想起了通扬运河上悠悠往复的船只
想起了饱食桑叶后吐丝织茧的蚕儿
想起了香糯油润的里下河大米
想起了憨厚的河豚鼓起的白肚皮

多少年后我收起行囊
带着漂泊的辛酸和无助
风尘仆仆踏上归途
一路上按捺着兴奋和期待
时不时望向窗外
当列车临近站台
熟悉又陌生的你缓缓走来
敞开那宽阔的臂膀揽我入怀
而我已迫不及待
卸下远行的包袱
奔向承载童年和青春的故土

我希望人们能够记住
你的开放　你的包容
你的热情　你的灵动
你满身的书香气息
你健康长寿的秘密
你古老而神秘的青墩遗址
埋藏着幽远辉煌的千年往事
你巍然耸立的烈士墓碑直刺天空
铭刻着七战七捷的赫赫战功
你舞动花鼓时优美的身姿
如云　如烟　如幽林曲涧
还有乡亲们口中的佶屈方言
那是你对世人说的亲切话语

故乡　我安身立命的家园
你历经沧桑变故
始终待我如初
我曾在你温暖的怀抱
嬉闹追逐
也曾在你幽暗的角落
伤心哭诉
你的温柔如酒
令人至死方休
我多想停住奔忙的脚步
日日依偎在你的臂弯休憩
若有一天
我停止了呼吸
定要埋入你柔软的身体
化为你芬芳的尘泥

风暴之下

天际的深黑翻滚而来
席卷了满地尘埃
涤荡了街市楼台
吞没了繁华灯海
遍野的断枝残茎
掩盖着蛙啼虫鸣
无处躲藏的生命
在恐惧中惊惶嘶吟
露出一副凄楚的弱者的表情

那些随波逐流的姿态
是风暴之下苍生的无奈
混沌的世间
只有人走向了屋外
在凌乱的田岸徘徊
看着倾盆而落的雨暴打浮萍
听着喧嚣的不明所以的声音
一边忧虑满怀
一边静静等待
等雨过天晴
等至暗后的黎明

走出荒芜

雨划过陡峭的屋檐
自由而下
坠落在幽暗的窗边
嘀嗒　嘀嗒
像是阴霾天空说的悄悄话
别让生命在平庸里挣扎
走吧　走吧
离开这荒芜境地
向着渴望的光景出发
不必回头
不必流连过往
因为过去的
已经开不出美丽的花

时间的路途荆棘丛生
岁月的坎道烈日灼心
一路风雨兼程
烙下满身的伤痕
忍受不住了
刺入骨髓的疼
泪水浸湿着
模糊了身边的人
别转身　别转身
向着一直所坚持的方向
闭起眼睛继续行进
走出荒芜便是天晴

孤独的事情

在这座村野围抱的小城
游走着数以百万的灵魂
为了生存而奔波的众生
演绎着似同非同的命运

我只是其中的孤独的一人
安身于僻静一隅
清扫着院落的灰尘
默念着与世无争
是谁推开沉闭已久的屋门
让繁华汹涌澎湃
把我微弱的倾诉
一阵一阵地覆盖

谁的固执的步伐
迷失在斑斓街角
露出茫然的眼神
陷进诱惑的泥沼

谁的最初的渴望
没入了马达的喧嚣
像是声嘶力竭的
一个人最后的呼号

庸碌的岁日里
我忘记对一朵花微笑
学会了对一面墙咆哮
习惯了对一盏灯唠叨

夜深人静　回忆敲门
我码出一字一句
将它们汇聚成文
记录于单薄的纸页
一片一片堆叠成本
那是一个思索枯肠的人
做的一件孤独的事情

你说过的话

我记得是一个雨后初夏
站在院门前的石墩上
风吹着凌乱的头发
吹散了你说出的话
你说明明厌倦的
却又放任不下
你说忽而忘记的
成了一生的牵挂
你说有时渴望的
有时隐约害怕

你说曾经痴爱的
留下了憎恨伤疤
你说你不再想他
却念着他说过的话
你说你不愿回家
却凝望着家的方向
你说着我听不懂的话
说我会渐渐长大
总有一天能明白
你说过的这些话

宿　醉

一点糊涂一点惆

一声叹息一声吼

一盏清杯满满烈酒

独饮暗夜幽忧

看窗前卷帘日落

在人前笑饰冷漠

哭过累过痛过忍过

管他得失对错

那些心驰神往

不过缥缈蜃楼

纵得功名利禄

难消爱恨情仇

一世苦求　一生所有

终归一碑一墓

喝了半壶　醉了一宿

昨日伤怀　明日依旧

窗

云散了

天空渐暗了

风凉了

草木疲倦了

花谢了

余香也淡了

人走了

背影都忘了

剩下的

谁在那树下徜徉

面目忧伤

谁踱步一河两岸

神色慌慌

谁的笑声翻过墙

谁装饰着窗外的风景

谁望向了　我的窗

我还在这里

我淡淡地离开
又悻悻归来
穿行于小城细雨
淋湿在清冷路边

在这里
总有一处台阶
成为不经意的羁绊
总有一道峰回
隐匿在绝路的尽头

在这里
我认识的几个面孔　变了
我住过的一间屋子　不见了
我说过的几句话　被记住了
我做过的一件事儿　被搁置了

在这里
我曾把烈酒当水喝
同桌的人醉了
我重复唱着一首歌
听歌的人睡了

在这里
我看过的一场电影　谢了幕
我吃过的一家饭馆　关了门
我恋过的一个姑娘　嫁了人
这里有我的过往
这里　也是我的家乡

注定遗失的另一半

总有一些挥之不散的梦魇
把平静的思绪搅乱
让本应重新开始的生活
荡起永无休止的波澜

或是很久以前
姑母送我的一只储蓄罐
它精致的外观里装满了童年心愿
我爱不释手拥它入眠
却在熟睡后将它摔成了两半

或是一场寸步不让的
蛮横无理的争辩
明知道有错在先
却始终不肯放低姿态
说一句诚恳的道歉

或是我许给一个女人的
美丽的诺言
未能如期兑现
成了过眼云烟
时隔多年
依旧萦绕耳边

或是我满怀信心倾尽全力后
功败垂成的事业
或是我忙碌之时无意理睬的
女儿对父亲的呼唤
或是我跨越千里而未及见到的
一个人的最后一面

曾以为时间可以抚平创伤
带上破碎的日子渐去渐远
记忆却不厌其烦
一遍一遍地追思过往
沉沦于来时的辛酸
把我揪入悔恨的深渊
或许不够完美的才是真的圆满
那些无法弥补的缺憾
是我注定遗失的另一半

第二辑　似是老去

重复的话

我跟之前一样，隔一两个月就来到外祖父的院子里，递给他一根烟，或者接过他递来的烟。

外祖父的床边和沙发上总是叠放着厚厚一沓报纸。读报是他此生最大的嗜好。他把从报纸上读来的故事和道理讲给邻居们听，讲给南来北往的路人听，讲给父亲和母亲听。从我进入学堂读书识字起，他便开始讲给我听。

当烟头点燃的那一刻，我已经知道他要开口说些什么。过去很长一段时间，外祖父的话就像是老师在课堂反复强调的重点，像是会议中台上领导的三令五申，像是《新闻联播》开始前的那一段音乐。他的话已经令我的耳朵听出了茧。过去我没有离析出这些话中饱含的一个老人对子孙的关怀和期待。但我仍然极力克制心中的厌烦，安静地听他重复一遍又一遍。

自从外祖母去世，他已独自生活了十几年。他用整个壮年种肥了一块地，却不得不因为自己的老迈而放弃。他的老邻居们要么抢先走完了一生，要么拆迁入了城，只剩下他仍然固守着老屋和回忆。我们都尊重他的选择。这片院墙里有他完整的一生，一砖一瓦都是他的过去。他不愿意离开，其实是害怕失去。

现在，他只想在一片院子里经营余生，向子孙重复说着他的故事和道理。

这些年，母亲越来越像外祖父，一年比一年频繁地重复着她的话题。我曾经尝试着告诉她："您这事儿已经说过很多遍。"母亲尴尬地愣住："是吗？我怎么不记得？"那一刻，我深深感觉自己的行为过于残忍。在母亲逐渐老去的一成不变的生活里，她所有的经历只是买菜做饭，送孙女上课，接孙女放学。她用自己全部的时间，承包了我无暇顾及而又不可或缺的柴、米、油、盐。我不可能指望她说出的话有多新鲜，我能做的只是默默听完，不再残忍地打断她的发言。

既然我无法拒绝一日三餐里必备的粥和饭，选择每天走同一条道路去上班，把一首喜欢的老歌设置成单曲循环，又有什么理由对身边的人和话感到厌烦？

虽然我一直刻意避免自己说出重复的话，然而有限的阅历限制了我的表达。我狭窄的朋友圈里的那几个人，他们已经把我几十年的往事，听了好几遍。再往后，我只能沉默寡言，以防暴露自己的无知和肤浅。

可惜我无法记住说出的每句话，或者记住对什么人曾说过什么话。我同样不能像导演那样换一批演员拍摄同样的剧情，也不能学厨子用相同的配菜炒出不同的菜品。所以我经常在酒后，喋喋不休，一次次旧事重提，老调重弹。有趣的是，酒桌上的人似乎都跟我一样，一边自嘲，一边抱怨，平淡的日子注定激不起波澜。

人最终都要欣然承认和接受自己的平凡，并重复平凡。

外祖父的院子里养了两条狗，十几只母鸡。狗和鸡没有丰富的语言，它们的叫声只有一种发音，一辈子只说同一句话。但它们没有因为自己的愚钝和简单而闭口不言。每有来客，两条狗拼命地叫喊，一声比一声恶狠；母鸡会在下完蛋后，扯着嗓子鸣唱，一声比一声高昂。它们用高亢的呼喊成功地证明了自己的存在和价值。人无法忽视这些牲畜发出的单调而又重复的声音。

现在，我越来越珍惜长辈们重复的话语，越来越珍惜跟他们说话的时间，我也愿意倾听妻子的唠叨、朋友的家常。我不再有意去回避重复的话题，因为那是我存在过的痕迹，我要一遍遍地说下去，加深我在这世间的印记。

当生活开始一成不变，我在今天重复着昨天，然后用明天继续重复好今天。存在，是一种惯性，到了下一寸光阴，重复上一件事情。

只有我躲在窝里

门外的风很大，几个老人依旧窝在墙根晒夕阳。风好像没有吹向他们，一野的寒风尽吹着我一个人。我实在蹲坐不住了，就搬起板凳进了屋，把门紧紧地关上。

屋子里空空荡荡的，只有我一个人。关门的那一瞬间，整个世界都从呼啸的风声中安静下来。

我不知道在这样寒冷的天气中，人们都在做些什么。屋后泰余家的草堆，还够不够烧热这个冬天里的每顿饭？他向灶膛里塞入结满冰霜的草杆后，点掉了多少根泛潮的火柴？向阳桥下的棺材铺里，是不是仍然不分昼夜地往棺材上钉木榫？一口用来装骨灰的木棺，临了还要深埋入土，使那么大力气钉那么结实，难道还怕被凛冽的野风吹散架了不成？

我掀开被子钻了进去。这几天基本没有要紧的事情赶着去做，即便有，我也不想去做，没有什么比此刻钻进被窝暖暖身子更紧迫、更重要了。我没有把灯打开，房间的门是朝东的，只有北墙开了扇窗户，天好像一下子就黑了。

我拉紧被子直直地躺下，想象自己是背贴床铺站立着，这时候就会感觉书桌和衣柜倒下了，而屋顶却在我面前猛地站了起来。我跟屋顶对视了很久，像两个看似熟悉的陌生人，在一个僻远的巷陌忽然迎面遇见，愣愣地相视着。总觉得哪里出了问题，却又迟迟说不上来。人通常都以站立的姿势看待事物，因为我们躺着的大部分时间都闭着眼睛。那些在我们站立的时候横躺的事物，在我们躺下之后它们就站立起来。当人们闭上眼，它们便开始在这个世界偷偷摸摸做着不为人知的事。

一张桌子紧贴墙壁的面上，附满了灰，它一定悄悄下过田地，回来时在墙上踩出了脚印；一条板凳的两腿之间，静静结起了蛛网，那可能是它学着祖母，在我睡着后，半夜织出的衫。

很多时候，当村人们在田地里辛勤劳作时，我却无事可干，仿佛这个村庄几千亩地的活儿跟我毫无关系。我只能一个人躲进屋子，把自己藏起来，从门缝和窗户往外看。

我看着一辆板车上堆满桑树的枝干，前面的老汉弓背紧握车把手，车后面的两个妇人一左一右齐心地推。我认识他们，只是叫不上名字。我看见家里的狗像子弹一样飞奔出去，追向了邻居的白猫。猫轻轻松松跃上了院墙，居高临下，一动不动，狗无奈地来回打转。我不知道，猫和狗是从什么时候结下了梁子，它们追逐了这么多年，始终未能冰释前嫌。

十年前，那些终日攀爬在我们家墙壁和屋顶，勤恳赶路搜寻食物的蚂蚁，如今都不见了踪影，不知道搬去了哪里。难不成学着我躲进“洞窝”，直直地躺下，呆呆地望着“洞顶”。在这个村庄，如果要找一种比村人勤劳的动物，非蚂蚁莫属；可现在怎么学着我，变懒散了？或许它们已经辛劳了一个夏天，囤积了足够的米粒、糖渣，躺着吃一个冬天都没有问题。我没有囤粮，不会燃灶，也不会做饭，依靠家人过活了几十年，跟一只蚂蚁比，我会有种难以言说的惭愧。

几声尖锐的鸡鸣跟在风的后面，从窗户与门的缝隙里钻了进来，经久地回荡在空旷的屋子里。泰余家的老母鸡每天都在这个时间下个蛋，然后跳出鸡窝，冲着我们家后院得意地叫两声。它大概还不知道，之前我们家那只终年不生蛋的鸡，早被我的父亲宰了，成了盘里的下酒菜。那只鸡到死也没有叫出声来。鸡跟有些人一样，有点成绩就趾高气扬，说起话都要拉高了嗓门喊，要是这辈子没有活出个名堂来，它们就躲在窝里，绝口不鸣。

动物们明显在学着人过活，哪一天它们学得比人聪明了，就会拴住人的脖子，骑到人的背上，牵住人的鼻子，把人当牲口使唤。那些在墙根晒夕阳的人不会有这样的忧虑，他们等不到这一天了。他们想完整地度过一个冬天都需要付出很大的力气，寒冷无时无刻不在消耗他们生命中最后的热量。

年轻的时候，他们等着爱人，等着孩子，等着收获，等着春去秋来，他们等到了一生所有的慰藉，然后又一件件地失去，到了这个只剩下自己的年纪，他们不会满怀期待再去等着什么。如果非要在这个一无所有的年纪等点什么，那就只有死亡了。

一直以来，每当我像这样躲进窝里，便不会再有人敲我屋门，找我闲谝，喊我去田地推把拖车，或者告诉我有条野狗钻进了后院。他们都以为我离开了村子，去别处干一些重大的事情，而不知道我无所事事地躲在窝里，悄悄地窥望他们。

我的眼皮渐渐耷拉下来，周遭的事物都模糊掉了。

似是老去

我还未老掉的身体已经开始了有一阵没一阵的疼痛。上周是脚后跟，前天是手腕，现在又到了膝盖。一个部位的疼痛停歇了，另一个部位接着疼下去，像一场无止境的接力赛，消耗着生命的耐受力。

现在我大体还能忍受得住，想起来的时候疼一阵，忙碌而不经意的时候似乎又感觉不到。如果未来有一天，疼痛变得撕心裂肺，而且持续不断，任何办法都无济于事了，我的身体便要回归尘土了。

人总要经历一场最接近生命真相的疼痛，在极度痛苦之后，或许能获得永世的安宁，躲是躲不过去的。

这几年，我明显没有以前那么好动了。吃完一顿饭，把身体往沙发或者床边上一堆，任谁叫唤，都无动于衷；眼看一条路，直直地走过去，不会绕个弯，更不会转个圈，一切多余的动作都被省略，似乎多迈一步就会掉入谁的陷阱。

在三十出头的年纪，我走出了六十岁时的样子。

我会在周末躺上与世隔绝的半天或者一整天，仿佛这个城镇的风土人情我已尽数阅领。我清楚地知道，几十公里外的哪一块土地上长着稻子，哪一块长着豆子；几条街之内的每一处烧饼店的位置，哪一家的咸了，哪一家的淡了。我用不着走出屋子，深情脉脉地看着这个了如指掌的小城街市，让我似是老去的身体迈起闲淡的步子。

我还未成熟的人生已经开始老去。

现实的某一处，那里堆满了属于我的目标、责任和事务。一张老旧的办公桌上叠放了厚厚的文件和书籍，其中一本里，夹着我还未熟记的几天后一场演讲的稿子。

现在，我不去管那些庸碌琐事，就这样静静躺着，厘清身体疼痛的根源，是来自一块肌肉，一条神经，还是一根曾经断裂的骨头。

我在还没有成家的那些年里，过着一个人随心所欲的孤独日子。那时候，我到面馆点一碗汤面，加一个鸡蛋，来一片馍，在一张四下无人的桌子旁大口大口地吃完，便能让身体蓄满能量。我会像一只影子在村子里到处游荡，探索着无人问津的沟边河岸。人们见怪不怪，他们通常会以为我在找点什么，一把插不进锁孔的钥匙，一条扎不紧袋口的麻绳，一张擦不净桌板的抹布，无关紧要。他们看向我的时候，我同样看向了他们。谁跟谁四目相对，有一点心领神会，话已经提到嗓子眼，又咽了下去。我年轻的身子在这片土地上来去自由，忽隐忽现，自得其乐。

村子里那些上了年纪的人，老态龙钟，终日靠着院墙晒太阳，偶尔给路过的人讲一些陈年旧事，讲着讲着就睡着了。他们劳苦的一生没有多少梦想，不用在人生的暮年纠结于几个未了的心愿。他们醒着的时候经常朝着村外眺望，有时候还会慢吞吞地起个身，朝着路中间走几步，好像是看到什么人回来了，看罢又坐回去。我偶尔忍不住循着他们眺望的方向瞅两眼，除了路尽头的几棵老树在微风里落着叶子，别无他物。我在那个多少年没有变化的村子里看着这群人日复一日地老去。

我经常回忆起几年前的几个人，几件事儿，时间并不是太久远的，三年、五年、十年的样子，太久的我记不住。但我分不清有些话是不是真的说过，有些事是不是真的做过。说话的人有几个已经不在了，做过的事情有几件鲜有人知。我常常怀疑记忆是梦里拼凑出来的故事，并不真实，我需要另一个人的记忆来印证自己的过去。那些无从印证的过往，谁都可以轻易地否定它。

九年前和八年前的这个月份，两个我熟悉的朋友分别因病离世。其中的一个，还没有谈过一场恋爱，没有牵过一个女人的手，吻过一个女人的唇，他腼腆的一生永远都不知道女人的香味和脾气。另一个走后，留下了几个月大的女儿，他再也看不到女儿十八岁的样子，去不到女儿出嫁的婚礼现场，在那里流上一把幸福的老泪。

他们的人生在二十出头的年纪就永久定格，不用再经历中年和老年，不用再经受隐约而漫长的、不明所以的疼痛，说他们是不幸的，却又是幸运的。只是我跟他们一起做过的游戏，吹过的牛皮，除了我自己，再不会有人提及，更不会有人去细细地回忆。

现在我比他们又多活了八九年。我看了他们没能看到的几座高楼，吃了他们没机会吃的几道新菜，仍然完整地奔走在这个喧嚣的世间。只是这些年，我感觉身体越来越沉重，我的肩上落满了城市天空的灰尘。早晚有一天，我会被尘土彻底埋没。

我担心膝盖上的疼痛会一直持续到六十岁，疼到我不能站立行走；手腕的肿胀会让我再也拿不起一只杯子、一双筷子；做过近视矫正手术的双眼，会在哪一年彻底失明，使我提前过上黑暗的日子。

如果没有人能够见证我在这片土地上的庸碌生活，没有人的记忆最终还保留着我的名字，那么在我的耄耋之年，我只能一遍一遍地怀疑——我的平庸人生。

惊村响雷

事隔数年，记忆犹新。那一日，沉闷的天气压抑人心。雷阵雨始终没有降临，只是阴云密布，徒有其势。我坐倚门框，左手撑面，右手执笔，静看云聚云散，像是有意无意地期待着什么，比如说一场瓢泼大雨或是一阵凉爽的狂风，总归要来点什么，打破这令人窒息的沉闷。

良久，不知何处飘来一片灰暗的云，悬停在眼前房屋的上空。这朵云不作卷曲翻滚状，也没有令人恐惧的庞大和深黑。它只是一片轻飘的普通的云朵，除了飘浮在如此贴近地面的高度，我看不出它有什么特别之处。

这片云许久未散，就像是被一只无形的手牵住，挣脱不去。眼前的一切都不作声响，我便静静地观看着这场无声的演绎。或许接下来就有风吹晃水渠两岸丛生的杂草，发出颇有节奏的“唰唰”声。然而风没有轻举妄动。

片刻，我有些倦怠，深深吸了一口气，打算起身离开，但还没有来得及转睛，一条枝杈状的闪电从这片云中迅速导出，直击房顶的东角。伴着撕心裂肺的巨响，当即瓦片飞舞、尘埃飘扬，屋子的东墙整片倒塌，重重地拍向了地面。整个过程都只发生在我定睛的瞬间。我瞪大着眼睛，张大着嘴巴，直至胸闷难受才发觉屏住了呼吸。

这道闪电狠狠地劈开了一座楼房，也劈开了沉寂已久的村庄。一些陈旧的往事又一次被人们从记忆里翻了出来，混在腾空的炊烟里，飘到了沟边河岸、田间地头、村南村北。有人说，三十年前同样的一道闪电劈向了刘根家的草垛，火势牵连到房子，烧光了他的家当，只剩下黑漆漆的灶台和两口铁锅。有人说，傻三小时候也被雷击中过，除了被炸裂的雷声吓破了胆，整个人竟安然无恙。老人们也经常借着电闪雷鸣，教育顽皮的子孙听从长辈的话，叮嘱后辈敬畏上苍、多行善事。

对于人们的议论，我只是有心无心地听上两句，有些家长里短的闲谝实在吊不起我的胃口，全当是茶余饭后的消遣。但我与那闪电击毁的屋角不过百步，回想起来还是有一些后怕。那几天，我开始审视自己做过的荒唐事情。我是否不该藏起泰余家老狗的碗盆？但这只是我跟狗开的一个玩笑。我是否无心踩到了勤恳赶路的蚂蚁，或者无意间一脚把它踢回了起点？我或许应该听进谁的话，趁着年轻早些离开村子，去城里闯荡，可我总觉得时机未到，还需要再等一等。

半个月后，那栋被雷击毁的房屋被村里的泥瓦匠陈海修补完好，无论从哪个角度，都看不出它曾经受过雷电的摧残。陈海说，村里上一次发生这种事情时，他还是个不更事的孩子，那时候他还经常把裤子穿反，分不清哪面朝前哪面朝后。

村里的议论也随着房屋的复原而逐渐平息。那些有意无意的说辞最终都被“嗒嗒”轰鸣的农机犁进了土里，等着下一个季节开花结果。

一个惊村响雷把我从生活的安逸、浮躁中劈醒，那些日子我开始静下心、埋下头，沉默寡言，少了些狂妄的念想，多了几分尊重与自重。

等待之中

这是一些需要等待的事情，尽管我从去年就开始等，直到今年也没有结果。

等待的日子里多是胶着和煎熬。假使一个人的一生都在等待中度过，那该是何等痛苦的一生。

我赶在了一年的最后几天回村子。这次回去，我没有带上明确的目的，只打算去看望一些垂暮的人，还有一些正在成长的人，顺便完成几件未完的事。到一年的末了，把很多过往的回忆搜罗起来，安置到回忆发生的地方，完璧归赵。

村子在一年的光景里不会有太大的变化，明显变化的只会是村里的人和牲口。一个人会在一年时间里明显地长大、老掉或者死去。一头牲口会在一年之中养足膘，产下一窝崽子，或者成为年底墙上挂起的腊肉干。村庄里的一条路，走了几十年，却依旧狭窄、坑洼、泥泞。

晚饭时，家人告诉我，邻居凤两个月前因乳腺癌去世了，年仅四十五岁。我看到屋梁上悬着的白炽灯已经附满了烟灰、油渍和蛛丝，光热经年照耀着灶台和风箱，光线一年比一年昏暗。倘若年底我没有回到村庄，这个消息要经过多少辗转才能传递进我的耳朵。我可能就此错过对一位老邻居的缅怀。

凤长我二十来岁，但与我同辈，所以平日里我称呼她

“大姐”。我很感激她们家在搬入新房时，没有拆掉老宅的东院墙。儿时的冬天，我半夜起床冲着菜地小解时，那片院墙为我挡住了年复一年的寒风。

过去凤经常到我们家借用缝纫机，我对于她的记忆多是与家里的缝纫机相关。我并不知道她为谁做衣服，我只是在一旁等着，等她用完我就把缝纫机收拾好，推到厅门旁紧贴着墙壁。这是母亲交代的。凤做了一件又一件，我就等了一件又一件。她经常给我们家送些熟食，可能是作为借用缝纫机的酬谢。在我的印象中，体形偏胖的凤是一个非常能干的家庭主妇。大概从前年开始，凤没有再来我们家借用过缝纫机，但是她的女儿偶尔还会送来熟食。当我再次听到关于凤的消息时，她已经去世了。母亲说，半年前凤从医院回来后就在家中等待命运的宣判。凤在病痛和绝望里等了几个月，死亡如期而至。

除了凤，村里还有很多人在等待着自己的死亡。这些人年轻的时候，在渠岸等渠道里的水流经耕地，然后开闸放水；赶一头母牛去邻村，等观两只发情的牲畜交配；准备好麻袋，在麦地里坐等收割机开进。到了如今，他们每日在村里四处晃悠，除了看看庄稼的长势，估算一下几亩地的收成，也为自己死后选一块好的墓地。有一些走不动的，只能安分地蹲坐在屋前檐下了。到了这个年纪，人便开始对很多事物漠不关心——猪跳出圈，啃光了院落的菜叶；野猫钻进鸡窝，受惊的鸡满世界扑翅飞窜。对眼前纷乱坐视不理的他们，却在为数不多的时日里讨论着死亡之后的事情。这些事情多是关于到哪家棺材铺定做棺材，坟头应该安置在哪块地的中央。他们既不焦虑也不悲伤，像是在谈论一件和死亡无关的事情，或者像是在谈论别人的死亡。年底儿女们从外地回来，他们就开始交代后事。他们嘱咐了一年又一年，死亡仍未来临。

我等的不是死亡，我还没有到等死的年纪。我只是在等几场招聘考试的结果，等一些人和情感的维系。我终究要为往后的几十年做打算，不能再像过去一样满村子闲逛。

多少个雾雨风雪的夜晚，我苦苦等待的远远不止几场招聘考试的结果。我所期待的一生最光鲜的时刻迟迟没有到来。我时不时猜测、揣度或喜或忧的未来。我不知道庸碌苦短的一生能否经受住遥遥无期的等待。

一个人无可避免地需要等人，等车，等快递，等机遇……当我们在等待一些人和事的时候，很多人和事也在等着我们。那些在岁月里等待死亡的人们，死后的事情也在等着他们。

在我无所作为地苦苦等待时，一些等我的人便弃我而去，一些等我的事情便不了了之。

台 风

每年入秋，台风都会如期而至，光临小城。

人们会给来袭的台风起个威武的名字：“海神”“清松”“银河”“奥鹿”。这些响亮的名称充分而直接地表达了人对大自然的敬畏。

在我早年的印象里，台风从大海的某处远道而来，冷冷地对着这片土地胡乱地吹，掀飞房顶的瓦片，折断树木的枝干，压倒漫野的庄稼，把人们花半年的时间整理好的村庄吹得凌乱不堪。

我们一家人会躲进屋子，关紧门窗，因为不知道接下来会发生什么，心中多少有些忐忑不安。我们竖起耳朵，听风掠过电线时发出“丝丝”的声音，掰扯树干时“哗哗”作响，穿过墙的缝隙时又像是在吹口哨。风经过不同的物体会发出不同的声音。人不必用眼睛看，只靠听就能判断出风的势力和去向。风往北吹，屋子南边的门窗就会“哐哒哐哒”；风往南吹，后院的鸡窝就会“呼哧呼哧”；风往东吹，挂在晾衣绳上的衣架子就会“叮叮叮”接连从西头滑去东头。

有几年刮的风特别野。听说邻村的一个人硬是被吹上了天，幸亏落在了草垛上，才捡回了一条命；刘家村破天荒下起了“鱼雨”，鱼从烟囱口掉进去，落到了锅膛里，直接被烤熟；村北寡妇的衣服飘落进隔壁人家的床榻上，引得隔壁的夫妻吵了好几天的架。

狂风之下，村庄乱得荒唐而有趣。

多少年的夜梦中，我反复看见巨大的龙卷风接天连地，以抹平一切的气势向我急速奔来，而我无处躲闪。我在极度恐惧之后，反而变得无畏和释然，敞开双臂，闭上眼睛，随风飞舞。刮进我生命里的那些大风，使我一次比一次勇敢，一次比一次坚强。我越来越相信，只有经历过大风磨砺的人，才能在未来境遇的跌宕起伏中屹立不倒。

台风一走，便能远远地听见村人们走出屋子，叽叽喳喳议论着。虽然听不清他们在讲什么，但我知道一定跟风有关。人们只敢在风平浪静后七嘴八舌、高谈阔论，舒缓一下内心的恐惧。

这座小城已经在数十年的风雨中成长壮大。现如今，台风所能造成的破坏是微乎其微的。它在人们用钢筋混凝土造筑的世界面前，越来越苍白无力、不足为道。即使在村庄，它顶多把我们家那个终年放置在水井边的狗盆刮飞，事后再由父亲走上几块田的路去把它捡回来；父亲不去捡，我们家的狗也会去把它叼回来。连村里的学校也很少因为刮大风而停课。人们在风雨中赶路的赶路，忙碌的忙碌，那些谈风色变的岁月着实一去不复返了。

这两天，台风又一次光顾了我们的小县城。天地间，除了树木大幅度地折弯，广告横幅剧烈地抽摆，运河水面波涛起伏，其他的一切都安之若素。

我的两个女儿从出生便住进了坚固的房子，她们不惧怕一场肆虐的大风，也完全想象不到曾经一场飓风能给生活带来多大的变故。我很担忧，她们能否在风调雨顺的日子里茁壮成长，又如何能应对人生的不测风云。

屋外突然响起几声沉闷的雷鸣，大雨倾盆，下得像一个女人在号啕大哭，仿佛全世界都要被她的悲伤浸透了。

雪过天晴

接连下了几场大雪，白色笼罩小城街市，寒冷铺天盖地冰封尘世，很多事情因此被搁置，漫长而忙碌的日子迎来了短暂的闲适。

人们不敢在这种天气出门。纷飞的雪花很快就能覆盖脚印、蹄印、车轮印，一不留神走远了，便找不见回家的路。很多年很多事物消失在一场场不经意的大雪中，再没有出现过。

上一次落雪的时候，友谊河岸边一户人家的老狗冻僵在向阳桥下的涵洞里。这条狗为了叼回几个月前藏起的几根骨头葬送了性命。也怪那场雪下得突然，鹅毛大的雪片夹着冰晶御风而下，它没有来得及在冰雪封途前溜回家，又或者它是真的老了，只留下一窝狗崽蜷缩在狗棚里相互取暖。

大雪警示着人们，大自然是危险的。如果没有身不由己的苦衷，不要轻易地顶着刺骨的寒冷往风雪里钻。

对于突如其来的寒潮，人们毫无准备。水管被冻裂在墙体内，屋顶被隔夜的积雪压塌，还有冰封且湿滑的路面，这些都在提醒世人，寒冷是危险的。我安分地把手头那点还没干完的活儿丢下。对于三十多岁的我来说，时间是富余的。求职、结婚、育子，一生中很多重大的事情已经在这个年纪忙完，剩下的事情都可以安心等待，等孩子长大，等退休，等衰老，等最后的日子，不必急于求成。

很早以前在村庄生活的人，不会因为活得空闲而感到无所适从。他们当中有些人认为，活着不是非要干点什么，劳作往往是迫不得已的，人可以像很多需要冬眠的动物一样，沉沉地睡上一整个冬天，然后精神饱满地醒来，沐浴春光。活儿这种东西是人干出来的，只要心里想干，干一辈子也干不完。而有些活儿，你若不干，它自己就没了。我被这种言论说服了。所以我跟在他们后面，用数十年的时间学会了一种等待——什么也不干，安安静静、不慌不忙地闲等，等一次出头的机遇，等一个远道而来的人，等一场注定的结局，等雪过天晴。

城里人看见雪，或多或少有些惊喜、兴奋，会情不自禁地站到窗前、走入雪地，拍几张唯美的雪景照。而村里人见到雪，多半忧心麦子的收成。我记忆中的那些雪，落在村人单薄而宽大的肩背上，厚厚地铺满田路，浸湿着鞋面和裤腿。村人不知深浅地一脚下去，踩实了，能多走两步；踩空了，便滚落渠沟。祖父的厨房曾在一个大雪纷飞的夜里因失火被烧毁，祖母则把这件事情归咎于那场彻夜未停的雪。理由是，如果那晚下的不是雪，而是一场大雨，或许火就被浇灭了。至今没有人清楚失火的原因，那场风雪掩盖了一场意外的真相——一连串可疑的足迹和未知的险恶用心。

好在大雪过后，万里晴空总会如期而至。

阳光普照大地，房屋、庄稼、道路静静抖落积雪，世物渐露本来面目。用雪是藏不住东西的，被雪藏的东西终会重见天日。

我期待的不是雪,而是冰雪消融,万象更新。彼时远足,如梦初醒,极目四野,心旷神怡。

远在村外

破晓未闻鸡鸣，起身小解，开门的“咯吱”声亦未惊起犬吠，整个世界只有自己的呼吸声和脚步声。我迷蒙的双眼仿佛看到了那片儿时旧宅前的菜地，甚至还能嗅到它散发的气味。在这样静谧的环境里，人会忘记身处的时空。

五更天，村庄刚刚苏醒，人们通常都会起个身，或者翻个身，畜生们跟着叫两声，然后窝回圈里，赖会儿床，一直等到太阳晒进潮湿的墙根。还有一些老得睡不着的人，他们早早醒来，又或者彻夜未眠，就这么瞪着昏暗的屋顶，一声不响地听着别人的所有动静。

回房时，妻子依旧熟睡着，我小心翼翼地钻进被窝。我已忘记这是第几个清晨，妻子侧卧在床榻，睡容恬淡，我几乎能看到她甜美的梦。我总能从家人的熟睡中获得某种莫名的心安，年幼时是父亲母亲的，现在还有妻女的。

太久没有回过村庄，没有见过村里的人们，城市的喧闹汹涌澎湃，一阵一阵地把我淹没。此刻我能想象到周老三家的泥坑旁，牛正津津有味地嚼着干草。这是全村唯一的牛，也是最幸福的一头牛。它不用推磨拉车，也不必耕田犁地，这些原始的体力活儿已经被机器干了。这头牛现在只需要养足膘，温顺地杵在原地，供孩子们围观。

不得不说，一头牛在时代的进步中过上了猪的日子。

然而，有一种叫作“村庄”的地方就会越来越少。当土地不再需要太多的人来经营时，人就会被“赶出”村庄。那一年，我们一村的人都被“赶”了出来。临行前，我曾想带走一把锨，我甚至想带走一口井、一片院墙、一扇破窗，在远处重建一所故居。后来我一样也没能带上，只带走了几十年的往事和一汪辛酸的泪水。

祖父的坟没有迁走，而被留在了庄稼地，一地的庄稼被荒废在村里。一村的人经历几个昼夜的拾掇，只为搬离村庄。他们跟我一样，几番斟酌，还是把很多东西都留在了那里。城里的屋子容不下一把默默无闻的铁锨在角落里慢慢地锈蚀。

那些天，人们可怜巴巴地看着挖掘机推倒自家的房屋，每一块砖头落地时都沉重无比。

一阵急促的闹铃把我拉回了清晨的床上。阳光透过窗帘的缝隙照射到我的床被，这是新的一天忙碌的开始。在城市里容不得闲散、慵懒、迟疑，一个人的时间会被安排得片刻不留，人们主宰不了那些本属于自己的生存时间。在身不由己的生活里，我会时不时地想起村庄。一个人只有一块地的活儿，任你选择一天的任何时间去把它干完，然后找一片干净的田埂或者草堆，坐上无拘无束的几个时辰。除了自然法则，你不需要听从任何人的安排，一个人仿佛有好几辈子的时光，不用为了几个时辰的碌碌无为而焦虑不安。

城市的屋顶，阳台上，花盆里，零星种着大蒜、青椒和番茄，这些镶嵌在繁华之中的“田地”，是人们对村庄往事不死的怀念。

远处我所牵念的村庄，是否早已不复存在？多少个漆黑的夜梦里，我独身驶入那片菜地，在通往家门口的小路上走了很长的一段距离，却始终没有看见风中的院门。

停住的脚步

这只是一个寻常的周末，一生的几千个寻常周末中的一个。

在这个周末，我没有出门溜达，而是安静地躺着，用了整整一天的时间听女儿“咿呀”学语，看妻子忙东忙西，时不时和她们聊上几句，纵使无言以对，面面相觑，也不觉无趣。

我就是一个丢失了土地的农民，走进一座百业待兴的县城，认不准东南西北，摸不清一条拥挤的马路的方向，在这里四处碰壁，即使到了秋天，也收获不到一粒稻谷。所以我躺在了周末的床上，看看锅碗瓢盆，陪陪家人——这些愿意追随我一生的人们。努力使她们幸福，是一个农民的责任，是一个丈夫的责任，也是一个父亲的责任。我盲目地干着手中的活儿，盲目地谋生，经年不息却毫无头绪。

我常常抱怨自己一事无成，却还要忙忙碌碌，直到我得到了一个老同学的消息。不过，那也是事情发生一年后了。我总是比别人慢上一步，我的脚步跟不上这个世界的变化。生活的节奏太快了，人就显得迟钝。

老同学是我的高中舍友，一年前查出患有脑瘤。肿瘤压迫了他的视听神经，他左眼几近失明，右耳常伴轰鸣，而医生对此无计可施。他的所有关于未来的计划都因此被搁置，生活就此被按下了“暂停键”。

那天，我一路上问了十几个人才找到了老同学的家。多年未见的他，看上去还是那么忠厚、老实。他侧着脸，习惯性地用右眼看我。

我递去一根烟，他笑了笑："戒了。"

我接连抽了好几根，他一直低着头。

"不要放弃，一切会好起来的。"

"我已经习惯了这样的境况，没什么大不了的。"

"平时在家都做些什么？"

"眼睛看不清，我就听听收音机，总有我还能做的。"

"你比我想象的要乐观。"

"当你习惯了一种处境，就感受不到喜悦和悲伤，生活就是这样，学着去习惯。"老同学意味深长的话语里透着无奈……

多少年前，他还在宿舍里神采飞扬地谈论梦想，跟同班的女生有一段甜蜜的恋爱，在毕业宴的饭桌上露出自信的笑容。他曾经优秀而又谦逊，对生活满怀希望。只是我所能想起的关于他的昔日画面，此刻都黯然失色。方才过去的几个年头，仿佛已经沧海桑田，遥不可及。

傍晚，我向老同学道了别，静静地离开了这个县城西南角落的村庄，带着那些年与老同学一起生活的往事，继续走自己的路。

回去的路上，我百感交集，鼻腔和眼窝里憋着一股酸楚。老同学的人生看似停滞，其实不然。他仍然需要一日三餐饱腹，并将继续坚强地奔赴在寻医问药的路途。他的性格、面貌还跟从前一样，只是习惯了用左耳听事，用右眼看人。而他被迫选择独自一人。

幸运，是当活着的人们历经风霜还能回忆起我的时候，我的骨头依然站立，而未埋进土里。

县城里，时钟不会停摆，水波不会停息，行云不会停驻，只有人的思考会随着昼夜的更替而停顿，只有奔波的脚步会因为劳累而止住，只有生命会因耗尽最后的气息而枯竭。菜市场起早贪黑的商贩，街道边奋力蹬三轮的车夫，田地里躬背劳作的村人，还有如我一般在电脑前不间断地敲击键盘的人。每一个人都在为或大或小的活儿忙碌。

我跟妻子计划已久的一次说走就走的旅行，始终没有插进生活的间隙。一次又一次，被一场突降的大雨淋回了屋子，被远道而来的台风吹进了被窝，被半夜哭闹的女儿唤回了床边。有时，为一次旅行，需要付出勇气，付出代价，甚至需要有奋不顾身抛开一切的决绝态度。

我只是在一个周末，短暂地停下了奔波的脚步。

寂夜长话

桌子椅子柜子都安静了
剩下两人的轻声细语
伴着幽暗灯光
停一句又接一句
高上一阵又低了下去
生怕惊醒熟睡的孩子

时间在一天的最后一个钟头
被寂夜长话拖住
放慢了奔走的节奏
像电影里一段长镜头
看似即将结束
却迟迟未切换到另一天
新的开始

白天我们把话说给别人听
有些不能说和未及说出的话
就憋回嘴里　咽进肚里
说给深夜的家人和自己
床头枕边
我们收起顾虑　敞开心扉
释放不吐不快的秘密
我们卸下伪装　露出马脚
自以为是地开脱辩解
我们一改矜持　不蔓不枝
直抒真言实意

这一刻我们
向过往的沉默作出交代
在城市的夹缝中喘息
从别人的故事里寻找共情
用假想的结局为自己疗伤
一人喋喋不休
一人早早入梦

生活是一面破碎的镜子
照不出人的完整面目
谁在隔日清晨
收帘推窗
谁睡眼蒙眬时
又见雨露阳光

疼　痛

有一些感受
与生俱来
我们常常避而不谈
直到深陷其中

疼痛是生物进化出的一种本能
是细胞受损向大脑传递的危险信号
疼痛并不抽象
它具体而清晰
以至于我们能够在空间和时间上
准确定位和描述
每一个人都无可避免地经受过疼痛
隐约或剧烈
短暂或持久

我不是对疼痛体会最深刻的人

但我有幸体会过痛入骨髓　痛不欲生

疼痛会消磨意志

会摧毁心中一切美好

会勾起恐惧和无助

会让人堕入绝望

没有人能真正理解别人的疼痛

没有人能替代另一个人去疼痛

人的疼痛只属于自己

感同身受不过是一句宽慰的说辞

大多数时间
人们忘记了疼痛
并拒绝痛定思痛
当人在平静和舒适中放纵
疼痛便悄然生长
先是一丝丝　一阵阵
而后是一夜一夜　一年一年
直到驰而不息　欲罢不能

人的一生
总是从母亲的疼痛中开始
于自己的疼痛中终结

镜影微斜

在静如止水的日子里
已是许久
没有抬头看天
我不认识的那几片云朵
借着风力千变万幻
它们用了多少时间
绕了世界一圈
多少次无声无息
经过我的窗前
默默看穿一个人
遥遥无期的等待

红日西斜
暮色浸染远近河面
不约而同升起的炊烟
在到达半空时消散
过路人朝家的方向
猛地加快了步伐
却没有比昨天更早到达

还没弄清楚时间去了哪里
我早早等来了衰老的自己
与命运对抗的这些年
我垂下了不堪重负的右肩
似乎再也站不直的身子
微微往左倾了一点
日出镜前
我并不精致的容颜
越来越像
那片守望半生而未涉足的麦田

在物欲横流的时代
还有多少执着的灵魂
奋不顾身孤守净土
仍然保有一种自视高贵的尺度

一扇门为我虚掩

我丢掉土地的那一年
同时也失去了
一个农民的孤傲的品性
在自己贫瘠的精神之地
拾荒度日

像一根草一株苗
用几十年时间栉风沐雨
繁茂之后断然离场
只留一片叶子
飘摇下落

日落之时
人潮涌动车流不歇
隔着同样热闹的几条街
有一处僻静的房间
它的朝北的门
一直为我虚掩

那里有妻子的深夜叮咛
有孩子们熟睡的鼾声
还有每一个清晨
她们目送我离开的眼神
使我在尘世的崎岖道路上
真正站稳

每当我结束徒劳的一天
便会迫不及待穿过喧闹的市井
轻轻推开那扇虚掩的房门
敞开我宽厚的臂膀
一一地拥抱她们

被风吹散

人们心知肚明
那些众目睽睽下的慷慨陈词
多半是冠冕堂皇的套话
逢场作戏的生活
掩盖了现实的真相
除非调转方向
绕避世俗的羁绊
追寻最初的渴望

疾行的脚步
踩起轻扬的尘土
在光影中静静飞舞
一点一点落满
我愈渐低垂的肩膀
堆积成我不能承受之重

多少年后我们不期而遇
你是否依然能够激起
我的缱绻情愫
因你的临近而欢愉
随你的远去而息宁

多少年后我发现
盛开的必然凋零
再美的风景也终将褪色
经不住岁月雕刻
枯萎只是另一种仪式
宣告破败与死亡的胜利

多少年后我早已忘记
你铿锵或是柔和的声音
一次次唤醒我沉睡的意识
穿越汹涌人潮
停泊街角
独自沉默不语

多少年后我仍然坚持
在深夜里记录过往
把关于你的喜悦悲伤
列句成章
杜撰成另一个人的故事
娓娓道来

多少年后我颤颤巍巍
在理想和现实之间
游离不定
眼巴巴看着落魄的躯体
连同飘荡的灵魂
一起被风吹散

旧 账

我不愿回忆的过往
都欠着我不愿认领的旧账
总以为余生足够漫长
可以将它们彻底遗忘
无论谁来追讨
我都能心安理得地赖掉
不必去刻意伪装

我曾在不谙世事的年纪
无所顾忌地挥霍时光
我藏起流浪者的背包
对问路的陌生人撒谎
将砖头丢进烟囱
把邻家的狗推入池塘
我逃过大学的课堂
嘲笑过同桌的窘样
不怀好意地揭开朋友的伤
然后若无其事地离场
我移情别恋后没有所谓的表情
深深刺痛了一位单纯的姑娘
我大口大口吃掉
年复一年的庄稼
等到自己身强体壮
却了无牵挂地远走他乡

那些未及偿还的旧账
都在未来的某一天等我买单
不管我身处何方　如何躲藏
它们都会在寂静的夜晚
撬开我紧锁的屋门
跳上我的温床
在梦里追着我一一清偿

一个人在忙碌的季节荒弃耕耘
在交易的杆秤上缺斤少两
便会收获平庸的现状
用一堆空洞的理想
告慰曾经的年少轻狂

去日成殇

有一些记忆生了根　发着芽
在岁月里勾魂牵肠
像是隔壁婆婆给的一包薄荷糖
偷偷地藏入枕下
却被时间一粒一粒吃光
像是我奋力抛向河中的泥巴
溅起的定格不住的水花
像是我点燃的灶膛里摇曳的火焰
把围观的脸庞烤得滚烫滚烫
像是我搭过的一个人附满尘土的肩膀
在回望中抖了一下　两下
还有一件等了很久很久的
过年的新衣裳

那些再也回不去的过往
去了一个并不遥远的远方
我静静地怀念它
为忧郁的日子疗伤
时不时在梦里
我仍能看到父亲站在田地中央
挥舞臂膀朝我呼喊
只是风太大
我听不见被风吹走的话

庸人易老

他还在寻找
一座心中孤岛
远离了岸的怀抱
在风雨里飘摇
浪迹于波涛
无依无靠

本应该忘掉
那段初见的美好
如退去的激潮
在岁月里来回奔跑
总有莫名的烦恼
纷纷扰扰

迈着踉跄的步调
跨过昨夜的小桥
听着门内的笑
却是熟悉的味道
弥散在暮暮朝朝
庸人易老
庸人已老

我那终将遗忘的过去

那是一些结满冰霜的记忆
隐隐约约透着光亮
却无法看清的模糊的过去
像一张垂挂的帘帐
在风中摇晃
一叠一叠地碰撞
往日的物影支离破碎
与我隔空相望

在现实中回归真实
在混乱中渐渐淡忘
我依稀记得
一场未及躲闪的
淹没院落的大雨
它搅动的满路的黑泥
仍然沾附在今时的夜梦里
岁月流逝
洗刷不净

我依稀记得
那个留着短发的天真姑娘
她的羞涩的可人的笑
印刻在屋角
一个男孩情窦初开的春心里
还有一深一浅的
大雪纷飞下我的脚印
还有一前一后的
两条狗儿追逐的游戏
还有村南草垛旁
那个弓背蹲坐的老人
日复一日讲述着
他的无人关心的故事
只有我不厌其烦
裹紧了棉衣
挪一步凑近听

我知道多少年后的一天
当我奔忙的一生注定一无所获
我会放下一世的包袱
重回故里
捡拾我那终将遗忘的过去

路　人

你是我余光里的影子
擦肩而过的身子
记忆里没有的名字
过去便过去了

你看我时陌生的样子
宛若前世的步子
走入了今生的日子
看着便看着么

你不知我慌乱的心思
像个犯错的孩子
躲避着眼神的对视
寻找着安全位置

我们路遇人海
无声对白
不问由来
唯愿温柔以待

有 时

有时喧夜如昼
更阑人静而意乱如麻
有时伤新怀旧
时过境迁而故情难忘
有时欲说还休
三言两语而话里有话
有时咫尺天涯
背靠着你却心念着他
看过了烟雨迷上了画
等过了朝夕恋上了霞
一面风霜　十年苍茫
有时凋零　有时开花

我像一条负伤的老狗

我像一条负伤的老狗
忍着痛
在风中舔舐伤口
我看着主人背包远走
凌乱的身影
不曾回头

我想起了年轻时
一起奔逐撒欢的伙伴
一起翻滚撕咬的朋友
它们追向那年的黑夜中
消失了很久

我嚼不出味道的一根骨头
随意地横在了院子的角落
我看不清的墙上的一道裂缝
见证了我一生忠实的守护

漫天的冰凉苦涩的雨滴
从屋檐滑过
坠入门前的尘土
我在远方凝视着
一个生命的孤独

回　家

曾有一座苍老的村庄
长出了一季一季丰硕的庄稼
把弱小的我一天一天喂养大
用它淳朴的语言教我说优美的话
用满身泥泞拖住我远行的步伐
多少年后成为
一群人永远回不去的牵挂

那是我曾经的家
记忆中一幅陈旧的画
因文明的更迭而坍塌
铺满院落的叶子
又一次扬起
落入今夜辗转反侧的梦境
不再腐化
河对岸传来的呼唤
忽远忽近
细细听
像是一个熟悉的人名
祖父用一生搭建的房子
经历风吹雨打
几十年没有多少变化

当我耗尽心力一事无成
美好的期冀越发遥不可及
我默默回了家
一桌热气升腾的饭菜
填饱了饥饿的胃
当冰雪封途寸步难行
铺天盖地的北风冻伤了骨头
我悄悄回了家
一床干净柔软的棉被
焐热了冰冷身子

每一颗自闭的心中
都住着一个家
让流浪的孤独在那里得到治愈
回家吧
总有人在家中等你
对你嘘寒问暖
揽你入怀
予你宽慰

第三辑　依然完好

聚 餐

你看着一根燃烧的烟头忽明忽暗，吞吐的青烟满屋子飘散；四面传来的酒话，随处可见的笑脸，一阵一阵的，一年又一年……

闲散的日子里，终年不见的故人，偶然邂逅的朋友，一起坐进新开的酒馆，叫上几盘小菜，喝几杯老酒，点一根烟，叙叙旧，感慨往事如何不堪回首。

陈给我端来一杯白开水，我双手接过，二话没说，一口饮尽。这才发觉先前的酒后劲真不小。身旁扎堆的人，桌上散乱的碗筷，在眼前忽远忽近，忽左忽右。陈是我的中学舍友，同舍的还有马和朱。哥儿几个曾经朝夕相处，如今散落到各地，难得一遇。那间宿舍里，班上班外的、校内校外的、男生的、女生的、老师的……各种传言秘密，知无不言、言无不尽；那个时候的光影——一起干过的蠢事，一起受过的训斥，在时空里发散，追逐不得。单纯的年岁里，烦恼只是没完没了的功课和无边无际的试题。

听说前些日子陈相过亲，双方都很满意，已经选定了喜日。结婚是人生的一件大事，再多情的人，一辈子也不会有几次。何况陈是个感情专一的人，这些年情路坎坷，终有定局，我们都在心底真诚地祝福他。

马的脸红润如当年，尤其是酒后，过去我们都说他的脸像猴子的屁股，那时候他会很介意地反诘。此刻，他只是反复说着我的变化，他说我的变化很大，说得心不在焉。

我喊住了正在狂笑的朱。这人嘻嘻哈哈，没个正经。他又开始骂骂咧咧，他骂的不是别人，是那个每次都会迟到或者缺席的吴。吴每次都用同样的借口来为自己开脱。他已经懒于思寻，懒于为一次缺席编织一个富丽堂皇的理由。尽管这样，我们并没有抛弃他，但凡聚餐都会叫上他。我们习惯了这个人，便不再计较他的畏缩和慵懒。

有人突然捂住嘴，冲了出去。那是黄，他喝多了。这哥们给人的感觉一直是轻飘飘的，轻得仿佛你轻轻呼口气就能把他吹走。我在他面前是不敢深呼吸的，我不是怕把他吹走，而是怕把他吸进肺里，呛着了。你可以把他当泡泡一样，吹过来吹过去，而且久吹不厌。

我晃晃悠悠坐到了陆的旁边，跟他聊起了最近的计划。过去陆常说，“计划遇了变化就是鬼话”，他一边说着这样的话，一边认真做着人生的规划。陆笑的时候会露出一颗陶瓷门牙。早先，这颗门牙的位置是空着的，经常有人会不怀好意地逗他笑，让他露出这个豁口，但他从来不生气。他把自己的缺陷与别人的嘲讽看得无关紧要。他会满不在乎地说：“一个人应该在意的不是生理缺陷，而是人格缺陷。”不过，我猜测他的豁达是装的，其实他心里很介意。

桌子的对面是林、王还有丁，他们谈论着饭桌以外的人和事。我猜得出，准是在谈论谁和谁的奇遇。林的幽默与生俱来，时不时能说出一句令所有人哄笑的话。如果聚会少了林，就会少了笑料，淡而无味。王是聚会的召集者和组织者，尽管他是个外地人，但他的热心和凝聚力可圈可点。关于丁，我知道得不多。他不苟言笑，时静时闹，看起来若有所思，深究起来空空如也。其实他就是一个简单而纯粹的人，复杂的是我们这群在远处打量他的人。

陈又走过来递给我一支烟，顺手便帮我点上，我猛吸了两口，细细体味起来。烟气里，有人起身高喊："明年再聚！"

不辞而别

我走的时候他们还在等着一些人和事。我没有什么要等的，便只管走自己的路。一个人有一个人的命，纵使你变换着步子，也走不出别人的命。这些天，我们都收拾起行囊，开始奔往各自的命。

离开后我才知道，仍有人在那里等我，是我走得太过匆忙。我以为我不去跟他们告别，他们也会知道我在今天离开，因为我们朝夕共处了四年。对于一只朝生暮死的虫子来说，四年是漫无边际、难以想象的。但如果用四年的光景来认识几个人，就会显得弥足珍贵而又短暂。事实上这四年来，我们没有干出什么惊天动地的事，也就在日升日落的平淡时光里认识了这样的几个人。

我走的当天晚上，他们在电话里对我说三道四。其实他们并非计较我的不辞而别，只是觉得共度的时光还在延续，就像那些深夜，他们把我从床上拽起，逼着我通宵打牌，而我对此毫无芥蒂。一个人的突然消失让其他人感觉不自在了，便打个电话去骂上几句，确认一下不辞而别的人尚在人世。

在我不辞而别后的第二天，一个晴朗的夜晚，当我收拾完一天的琐碎，平静地躺在床上，翻看着他们的毕业感言时，情绪突然就决堤了，泪水失控地涌出了双眼。

我还记得吃完散伙饭的那一刻，大家都显得异常平静，纵有千言万语，纵使千丝万缕，却是想哭而哭不出来。据说人在极度喜悦或是悲伤时，反射弧会变长，情感和情绪的表达会延迟很久。我相信那一刻，所有人都是悲伤的，没有谁能从这场离别中获得喜悦。没有人想到分别的这一天竟会来得如此仓促，是毫无准备的，又像是早已料到。

过去的四年，我们以“兄弟”相称。兄弟之情别于恋人、重于朋友，在一个男人心中的分量不言而喻，非同甘共苦者不可谓“兄弟”。早在四年之前，我们都有各自的兄弟，而四年后我们成了兄弟。四年间，我们都极大程度地影响和改变了彼此。原本不吸烟的我，如今也会偶尔点上一根，看着烟气在无趣的时空里弥散，便开始思索枯肠。我已经忘记自己是从何时学会了抽烟，就像我不记得他们是从何时习惯了一个人的鼾声，忍受了一个人的汗臭，默许了一个人的狂傲……直到，没有人再计较谁挤过谁的牙膏，谁穿过谁的新鞋，谁翻搅过谁的床。

也有那么一个清晨，他们都早早地醒来，躺在床上翻来覆去，回想前一天晚上在争执中彼此针锋相对、恶语相加，恍然觉出了一种钩心斗角的疲惫：其实矛盾也不是不可调和，其实愤懑也就是那么点不痛快，其实自己也有些强人所难，其实这么小的事情根本不值得大动干戈。

起床后，他们尽释前嫌，一如既往地称兄道弟。

生活的惯性使我觉得，这似乎只是一个寻常的假期。过完假，我们依旧会回到那里，继续着漫长、平淡的求学生活，所以我不辞而别。

事实上，我们几乎永久地告别了彼此，告别了一种叫作“大学”的生活。而那些过往的人和事，在我的不辞而别后，永远地成了回忆。

我的名字

在我还未降生到世间,我的名字已先于我诞生了。我像接受命运一样,从别人的口中接受了自己的名字。

我的名字不像大多数的那样,有着深远的寓意、美好的寄愿或是一段感人的渊源。它听起来与族谱无关,与季节无关,与五行无关,与山水田园无关,与诗词典故无关。我一度怀疑,父母亲没有认真地对待取名这件事。他们可能随随便便用了两个字,组合起来,就起给了我,而不是用心地思寻和考量。又或许,他们并未对我寄予厚望。一个简单的名字单纯地承载了父亲母亲的爱。

这是一个属于我的称谓,却一直供别人叫唤着。多少年前的一天,在听过多少遍的叫唤后,我终于闻声而应。自此,人与名便坚固地联结了。名字时不时在背后,在跟前,在远处,在耳边,甚至在梦中被人喊出来。它明明是起给我的,但却是留给别人叫的,我的父母深谙此理。

我在一片土地上的生活,丰富了这个简单的称谓。我是那么地努力,努力读书学习,努力听长辈的话,努力做别人认为正确的事,以至于越来越多的人认识了我。我声名远扬,先是在本村,然后到邻村,再到邻村的邻村。人们是因为一个名字记住了一个人,还是因为一个人的努力记住了这个人的名字,我常常分不清楚。我同样也在几十年的生活中记住了很多人的名字。这些名字听起来有的温柔浪漫，有的刚毅正直，有的霸气威武，有的谦逊儒雅，有的意深境远。一个动听的名字似乎能够掩盖美名之下人的无知、空洞和平庸。而我，有太多深刻的故事，我已经不需要一个响亮的虚名。

我们能记住一个人，大多不是因为他的名字有着丰富的内涵。

名字诞生伊始或许只是一个标签，用以区分两个不同的人。汉字有数万之多，任意的组合足够十几亿人相互区分。然而现实中同名之人屡见不鲜。当两个同名的人相遇，难免尴尬，不得不承认这名字不再是自己的专利。一个人不必为自己的好名得意，因为它也有可能是别人的。我很庆幸至今没有遇见同名的人，我不知道该如何应对这样的尴尬。当姓重名合时，我们用什么来区分自己和别人？

我的名字从我十八岁那年开始，就先后出现在各式各样的证书、证件和介质中。我的毕业证、驾驶证，我的银行卡、电话卡，我的试卷题本、快递运单、电脑屏幕，这些物件用不同的字体、不同的编码呈现和记载着我的名字，我被自己的名字完完全全地包围着。它的每一次出现都强化了我的存在。这世界已经深深烙下了我的印记，没有什么可以轻易地将我抹去，否定我的存在。

而立之年，我想过为自己更名。我翻遍了字典，竟找不到一个满意的字词。取名不是一件易事。一个名字要匹配人的体貌和性格，要承载忧伤的过去，要寄托明媚的未来。我穷尽思索，却一无所获，反而更担心更名之后，那些曾经熟悉我的人是否还能轻易地认出新名背后原本的我，我是否从此不再是我了。

当我记住的名字越来越多，被我遗忘的也越来越多。被我忘记名字的人，他们似乎也同样忘记了我。一个被人遗忘的人就成了一个没有名字的人。一个没有名字的人，我们不确定他是否真的存在过。人们随随便便用数字、特征或符号描述着一个无名之人，直到完全说不上来，这个人便彻底消失在历史的人潮中。我害怕成为一个无名之人，我希望我的只言片语能让世人记住我的名。

我感激那些记住我名字的人，我也用心记着他们。他们在各自的生活里，用零散的记忆和平实的叙述，印证了我的存在，让我鲜活的故事得以流传。

置身事外

现在我已不能置身事外，心安理得地做一个没有所谓的旁观者。

曾经与我有关的、无关的，属于我的，不属于我的，都被我漫不经心地漠视过。那些事物犹如我看过的戏，一阵感慨便抛诸脑后。我自知没有具备改变世界的强大内心和超凡技能，这世界的飞禽走兽、神仙鬼魅我一样也叫唤不动。一个单薄的身躯发出的微弱声音会在这个宏大的世间迅速消弭，没有谁听得见我的喃喃自语。所以我不过是个匆匆忙忙的过客，习惯了与世事擦肩而过。

很多年，那些属于我自己的、需要我独自操心的大事远未来到我的生命，我无忧无虑地度过了童年时期、少年时期、青年时期。我的中年时期已经在设定好的某个时间点上等了我很久很久。我们终于要见面了。随之而来的，还有一些叫作“责任”“义务”的沉重东西，冷不丁地压到了我的肩上。没有仪式，没有宣言，没有打声招呼，甚至连一个暗示的眼神都没有，就沉甸甸地落了下来。

父亲说：你已经毕业了，不是学生了，必须自己挣钱养活自己，要像一个男子汉一样顶天立地、敢闯敢干。

妻子说：你再累也不能每天回到家就这么躺着，这个家不是我一个人的，夫妻应该共同分担家庭事务。

朋友说：看在多年的交情上，这个忙你一定要帮，而且这么多年我也没有开口恳求过谁，现在是真的没有其他办法了。

领导说：单位不养闲人，有业绩才会有收入，努力干才会有回报，这个月的业绩马马虎虎，争取下个月再上台阶。

路人说：天下兴亡，匹夫有责，每一个公民都应该承担起社会人应尽的责任，而不是冷眼旁观。

我毫无准备地接受了他们抛给我的责难，像是围观之时，被一只不怀好意的手从背后猛地推了一把，暴露在众目睽睽之下，扮演起各式各样的角色，再也无法置身事外。

我开始意识到自己的生活已经不能再指望别人了，因为有很多的人正在指望着我。他们对我满怀期待，像我曾经期待他们一样。

他们当中有的已经老了，老得站不直身子，提不起一桶水，吃不下一碗饭；有的正渐渐长大，对世间事物充满好奇，对我的话笃信不疑，亟需知识和营养的浇灌；有的喋喋不休，一遍一遍重复着对我的不满和抱怨，却又不离不弃地陪我度过了无数个日夜，不论是苦，或是甜的；有的悄悄跟我分享了生活的秘密，然后把酒一饮而尽，脸上溢出了轻松和释然；有的渐行渐远，偶尔停住脚步，对着我回望。

从他们的目光中，我看出了他们对我的依赖。我不忍也不愿就这么满不在乎地一走了之。我决定留下来，按照他们的诉求，扮演他们需要的角色。

事实上，这是我曾经作为旁观者所亏欠的。我安逸地度过了几十年，毫不客气地向周围人索取了我需要的一切。而现在,我应该归还了。

我将挑起他们挑不动的担子,接手他们未干完的事情,向他们证明,我已经身强体壮,羽翼丰满,能够守护他们的安宁,给予他们期盼已久的慰藉。

否则,还有谁愿意倾听,我深夜里微弱的声音。

当绝望来临

他在一个年富力盛的年纪倒下了，爱情、事业、理想统统化为泡影，甚至连奋斗的回忆都还没有形成，就已经对世间的一切无能为力了。他现在比六年前更加虚弱，彻彻底底地沦为了一个弱者。一个弱者，只能听听看看，任人摆布。

这是他冒险选择手术的代价，是他对抗命运最后的挣扎。孤注一掷的他确实很有勇气，无论这勇气是来自对生的渴望，还是对疾病的深恶痛绝，至少他克服了对死亡的恐惧。不幸的是，他只能独自承受失败的后果：瘫痪的余生。

他悲惨的遭遇还未能尽人皆知，很多人已开始将他遗忘。口口相传的，只是我们少数的几个。

当他还是一个健康的小伙，跟所有年轻人一样青春焕发、野心勃勃时，他的身边围着很多志同道合的朋友。那时候，家人的寄望、领导的赏识、恋人的爱慕、同学的寒暄在他的生活里统统都不缺，直到罹患肿瘤的噩耗被打印在诊断报告中，他人生的喧闹才骤然停止。

治病的这些年，他几乎销声匿迹，渐渐就淡出了人们的记忆。

我曾去他家中探望过几次。他住在县城西南边界的一间低矮瓦屋里。我能够想象他此刻躺在床上无力地张望，在那四壁空空的屋子里呼吸着黑暗的空气，细菌和尘埃时时刻刻都在挑衅着他脆弱的免疫力。"做梦"成了他对世界唯一的期许。我不知道他能不能自由地选择美梦或者噩梦。忙碌的人们自顾不暇，悲剧仅仅是悲剧者自己的，不用与人分享，也无人有心分担。

我同情他的遭遇，关切他的未来，但还要继续自己的生活，像列车上的乘客，看着沿途的物影，即使有一点动心，也只能匆匆前行。

这世上有很多东西的的确确只属于自己，比如病痛、疲累、绝望。

有几年，我经受了胃炎之痛。它就像是我身体的一部分，每隔一段时间就发作一阵，向我宣告着它的存在。我无法在疼痛之余享用一日三餐，更无心去看一部电影，听一段音乐，玩一场游戏。疼痛在腹内翻搅，每一个器官都与之呼应。亲朋的关心、医生的嘱托都无济于事。每每至此，便有一种无助和憎怨让人对一切都失去兴趣和耐心。我很快便分不清哪里痛或者不痛，不适充斥着整个身体，对抗的意志渐渐消沉，并开始屈服。

有段时间我深感疲累，仿佛这世间所有的负重都压在我一个人身上。我忙着应付工作事务，追赶业务指标，在对手的算计下求生，在饭局中逢迎周旋，听父母的唠叨、妻女的抱怨，看傲慢者的脸色，受陌生人的白眼……疲累淹没了这个年纪应有的活力。时间这东西仿佛不是我自己的，都是别人给的。我渴望去一处僻静之地，像一个甩掉半世包袱的老人，就这么呆呆地坐着，什么也不干，哪怕只是短短的一天、两天。

我没有面临过他这样的绝望，总能幸运地从困境中走出，重新开始或者继续前行。但我能体会他在绝望中无限的沮丧，当一个人只能用余生的沉默来应对注定的结局，便如同末日降临。

我继续拥有着属于自己的一切，但这并不代表我不会失去。无论是健康，是荣誉，还是爱，事实证明，你不在乎的，必然会早早失去。我不相信奇迹，因为没有神明会来拯救悲苦的苍生，能够拯救我们的只有我们自己。

不幸总会发生在一生的某个时刻，当绝望来临，我不需要世人冷漠的怜悯，如果你真心慰藉，请记住我们过往的交集，不要轻易地将我忘记。

闲 忙

我专注地拧着螺母，蓬头垢面，腰背酸软，像所有忙碌的人一样，日复一日，周而复始。有时候目标明确，有时候晕头转向，茫然迷失。

都说人生短暂，但经历其中，大部分是漫长而繁重的。短暂是因为处在快乐的时光中，而快乐又是人生这片土地上最稀缺的资源。

这是一盏新买的水晶吊灯，我满心期待地等了它好多天，打开快递包裹箱的那一刻，却目瞪口呆。上百个零件和一大包螺栓、螺母整齐地排列在泡沫箱子中。现实与期待总是有差距，有时候失之毫厘，有时候差之千里。而现在，我收起了嗟叹，戴上手套，抓起小板凳径直塞到屁股下面，开始弥补这最后的差距。

不知不觉中，几个时辰便过去了。一盏灯还未完整地呈现出来，只是零零散散地摆了一屋子，像一个人破碎的认识，等待着串联和拼接。

在很多人看来，我是一个安分的人。我恪守着世俗的规矩，遵循着自然的规律，在生活里按部就班，但是骨子里的我却是叛逆的。我常常质疑所谓的权威，不盲信任何人口中的真相，更是对陈规陋习、虚文缛节深恶痛绝。我甚至怀疑存在的是否真的存在，不存在的是否一直不为人知地存在着。何况这世间的"真理"总是被不断涌现的新的理论归为"谬论"。历史曾无数次推翻历史。这世界最大的矛盾就是认知的矛盾。在宏观世界中，一个人，你身在那里，便在那里了，不偏不倚。而在微观世界，一个电子，它既在那里，却又不在那里，人们无法用坐标描述它的确切位置，因为它无处不在，存在只是一种概率分布。

我不禁要质问自己究竟买的是一盏灯，还是一堆与灯有关的零件。组装过程中的每一个机械的重复的动作分分秒秒考验着我的耐性。可我却不得不忍气吞声，压住心中的无名火气，继续着手中的作业。人就是这样，偶尔会有任性、无理的愤怒，情不自禁，又亟待克制。

这件本可以等安装工来解决的、根本无需自己操心的琐事，就这样不由自主地开始了，又无可奈何地继续着。

我常常问自己为什么会是现在这样，其实答案便是：我既然已经这样了，还能怎样？生命的诞生得益于地球与太阳恰到好处的距离，谁安排了这段距离？一个人的诞生来自无数个擦肩而过后的相遇，谁安排了这场男人和女人的相遇？存在只是个偶然，而非必然，必然要弄清楚的是该如何继续存在下去。

又不知几个时辰过去，天都暗了。我终于把一堆零件组装成了完整的吊灯。当它接通电源的那一刻，耀眼的光线在水晶中折射，四处发散，整个屋子从黑暗中亮了过来，宛如白昼。我心中的疑惑、不满、乏累都被夺目的光芒照耀干净。又倏然感觉这一刻似乎在哪里出现过，熟悉的场景，熟悉的心情。但我分不清那些似曾相识的画面是在现实还是梦境中出现过的。

闲忙了一天，我终究看到了最初所期待的光亮，这光亮没有照耀到过去，也没有照向未来，它就在此时——我和家人微笑的面前。

烟雾弥漫

当我努力忘记过去，往事如同某些债主一般敲破屋门，声色俱厉地向我追偿那些曾经赊欠的。我想忘却的，都是我心怀愧疚的。我忘怀不了的，正是我未及珍惜的。

总有一个名字，梦里梦外都挥之不散。总有一些事情，忙前忙后时还能念起。这个寒冬不比以往的任何一年更冷，只是天高水长，烟雾弥漫，使我回忆起一段年轻、孤独的岁月。

当我还是一个漂泊的旅人，勉强生活在一个陌生的城市，在人流中走走停停，听不清远方的声音，看不见未来的景象。那时候，我关心的都与我无关，我拥有的就是一无所有，我牵挂的也是无牵无挂。

生活没有像母亲一样悉心地照顾我，而是把我扔进一间空旷的屋子，给了我一张冰冷的床和一堆干不完的琐事。我麻利地收拾着接踵而至的日子，把它们打包，塞进记忆里最偏僻的角落。夜幕降临，我裹紧被子，盼着早些入眠。毕竟长夜漫漫，奈何我经受不住思绪万千。直到孤独把我意志中最后一点坚持消耗殆尽，我便决定背起行囊，回归故里。

那一日我鼓足勇气递交了辞职信，放弃了多年的付出，放弃了自己不擅长的人生。看起来，我似乎绕着这座城市辛辛苦苦地兜了一大圈，却又回到了起点。我不是个容易冲动的人，决定已经过慎重的斟酌和权衡。单位的人不能理解我突兀的离开，就像我不能理解他们无谓的坚守。也许是我看不到希望，而选择另辟蹊径。也许是我厌倦了日复一日，而选择“误入歧途”。也许是我一眼望尽未来，而选择独自面对未知。

回到家乡的我与家人一起应接着生活的点滴，日出而作，日落而息。一年，两年，三年……曾经的那段漂泊的时光渐被淡忘。

我以为从此不用再四处奔走，可以安心守着妻儿终老。可当我行驶在国道上，奔赴新的工作地，看着身旁的车呼啸而过，与家的距离却是渐行渐远。潮湿的空气混合着泥土的气味，使呼吸厚重而沉闷。烟雾前赴后继包裹着我疾驰的小车，后视镜里已看不到我的家。

我看不清前方的信号灯，忽明忽暗；也望不见远处的十字路口，人来人往；国道的尽头峰回路转，前程若隐若现。

生活就像是一本借来的书，看完了还要还回去。那些我有幸从生活中得到的，还会被生活统统带走。最后剩下的，不过是记忆里几段深刻的故事。一个无知的人并非一无所知。至少现在，我认识了自己的傲慢、自私和放纵，以及那些致使我失去，仍不愿追悔的过错。

我又一次寄栖他乡，徘徊在陌生的窗前，点燃了久违的香烟。我要用什么来弥补我亏欠的，抚慰我伤害的，承担我所逃避的，慰藉年轻的寂寞，温暖冰冷的身躯，安抚一颗迷茫的心？

一根烟很快就燃尽了，世界都还没记住它。

有人说，过去决定了现在，而现在又决定着将来。既然我们无法改变过去，理所当然改变不了现在和未来。我能做的，就是欣然接受这个不可更改的现实。

烟头落在地上，残剩的火星发着微弱的光亮，像生命奄奄一息，做着无谓的挣扎。我顺手从盒子里抽出了另一根烟，叼在口中，点燃。

飘悬于旷野之上的雾气仍未散去，天色却早早收暗。

期待明天，云开雾散。

钢 笔

我不是个对生活斤斤计较的人，可是，如果要我选择一支用来记录生活的笔，我会饶有兴致地精挑细选。

我不会使用铅笔，铅笔字太容易被磨削，不能长久而深刻地记载我平静的一生；我也不会使用圆珠笔，圆珠笔头太油滑，过快的书写速度会泄漏我生活中需要隐瞒的秘密，也会使我来不及掩饰一些冲动的想法；我更不会用毛笔，因为我根本不会使用毛笔，我不能用一堆潦草的涂鸦来敷衍自己。

我可能会选择一支钢笔，一支做工精致、材质硬朗、笔头尖圆的钢笔。用这样的笔，我能够轻松写出工整的字来。

一只虫、一棵树、一个人都有自己的寿命，一支笔同样也有一段寿命。

一支铅笔的寿命等于使用者从它的一端削到另一端的时长。

一支圆珠笔的芯油耗完，可以换上一根新的。如此反复，只有等外壳受尽摧残直至粉身碎骨，它的一生就终结了。

一支毛笔的寿命应该就是它笔头上的毛掉落干净的时间。我没有使用过毛笔，我估计这可能需要一年，两年，或者更久。

我的一支钢笔已经用了十年。十年对一个人来说可能就是生命的几分之一，人的一生有好几个十年。一个人可以满不在乎地说出：几十年来。对于一支笔，十年是相当长的。要把一支钢笔专心地用上十年，并非一件容易的事情，就像我们不能轻易地拥有一段十年之久的婚姻，一位十年之交的朋友，一栋十年之居的房子。一支被人使用十年的钢笔不再只是一支笔了，它更像是使用者的亲人或者朋友。钢笔常常被设计得精美奢华，因为人们除了购买使用它，常常还会把它当作礼物赠予友人。

一支钢笔的损坏着实是一件令人揪心的事情。手指划破了，贴一张创可贴，踏实地过上几天就能愈合。然而，任何磨损对钢笔来说都是永恒的。笔头虽然是它最锋利、最尖锐的部位，但也是最脆弱的。我轻易不会让一支钢笔从桌子滑落到地面，这样的高度对它来说很可能是致命的。我不能让这样的悲剧发生，否则之后的很长一段时间我都会为此悔恨、自责。每一次的使用都需要我集中注意力，容不得太久的疏忽。我小心翼翼地使用着我的钢笔，每次用完都会把它擦拭一番。

一支铅笔、圆珠笔可以放上很久不用，再次使用时，书写起来依旧流畅。你若把一支钢笔闲置太久，残留的墨水会在钢笔内风干成渣，堵塞笔管内的每一层缝隙，任你再怎么用力，也写不出想写的字来。你不得不把它拆开，用清水细细地冲洗干净，放到阳光下晒干，最后重新吸进墨水。这好比生活中的人和事，被搁置久了，当重拾他们时，便不得不再次倾注情感与精力，以抹拭时间带来的生疏，找回原先的亲密与熟悉。

我曾经打算把钢笔珍藏起来，留作日后回忆的物件，可最终打消了这个念头。对这支笔来说，书写就是使命，它应该在书写中磨损、消耗直至毁坏。这是它注定拥有的平淡机械的一生。若被封藏，它便失去了使用价值，成为一堆结构完整的废铁，有悖制造的初衷。

我不能随意改变一支笔的命运，因为这命运或许也是我的。

依然完好

我应该庆幸
过往的噩运没有将我彻底击垮
我还能喘息
向不幸的人投去关切和怜悯
我还能观望
目睹世间的耀眼光亮
和无边至暗
当我在一件事情中步履匆忙
人生的另一些事
已等候多时　招之即来

那些先于我远走的人
他们在各自的路上被谁喊住
回过神才发现
沉重的身躯半截入土
他们出发时成群结队
百里千里后
形单影只
只能把未完的夙愿留在别处
等待后人接回他们的遗骨
埋葬于一生之初

我蹚过他们的终点
依然完好地奔赴他们无法抵达的
下一段路程
在这条路上
一个人踩着另一个人的足迹
一群人从另一群人眼前消失
物换星移　前赴后继
谁能比谁走得更远
谁又见证了谁的完整一生

所有人都会思考同一个问题
不知自己会在何时停步
被同样的处境围困
被同样的声音喊住
丢下还未苦度的几十个春秋
直面最后的无助

无可退避

当人对欲望力不从心
便能深切体会世界的抗拒
璀璨或暗淡的一生　不过是
宇宙意识一闪而过的短暂回路
一次微弱无力的惊觉
在万物纷乱浩荡的更迭中
时间无情抹去
人的所有痕迹
让人彻底地永远地消失

现实的乏味尖锐薄凉
如同美丽背后的致命毒药
暗藏杀机
使人在愉悦中不知不觉死亡
亦如坦途之上一处暗坑
猝不及防
颠簸出胆战心惊的摇晃

现实是褪去幻想后
人们终于看清的真相
现实是不加修饰的
事物的本来面目
现实会薄情寡义
残酷斩断最后的丝连

谁度化了人世间的深重苦难
一次又一次
给予绝境求生的勇气
是一个未知的明天
是一场未定的结局
还是一点未泯的希望

我们一知半解

不清不楚地

敷衍了冰冷的现实

难得糊涂

成为一种处世智慧

依然活着

不过是在无可退避的现实下

天真地保留了

对未来的无限期冀

走散的人

一生中最单纯的年纪
我们在世间仅有的几条路相遇
一起走过青黄的麦地
填平坑洼的河堤
你奋力抛向天空的石头
稳稳落上了屋顶
风吹雨淋　很多年
没有人再将它捡起
直到岁月把村庄夷为平地
多少个清晨的睡梦中
我看到院门前背影模糊的你
醒来时却又不见了踪影
朋友　你去了哪里

一生中最懵懂的岁月
大事小事都被搁置
远近的孩子们
齐聚简陋的教室
专注地看着一个人写下
几行陌生的文字
听他绘声绘色讲述
书本之外的故事
他的很多预言在后来
变成了现实
我们毕业之后
他是否仍在那里
日复一日教书育人

一生中最多情的那几年
与我惺惺相惜执手相依的你
远去另一座城市
多少次相约后
挥手作别
期待重逢的某一天
我们都不再回去
共同背弃了青春誓言

有人走过我的一生
没能遇见彼此
有的人遇见了
只陪我走了短暂一程
那些在时间里与我走散的人们
我会情不自禁念及
相伴同行的往昔

我知道

我知道很多真相
隐匿在
漠不经意的细节中
欲言又止的话语里
不动声色的心思下
却仍然逃不过我的
敏感锐利的眼睛

寒风刮了一年一年
一遍遍拨动地面杂乱而脆弱的生命
似乎没有什么能够长久伫立
或是扎根于此
人们常常错过冬天的
短暂的等候
如果那是一场深情告白
你是否祈盼时间可以重来

我知道
你在拐角回过头
往事浸湿了双眸
我知道
你并非真的想走
而是等着被挽留

我知道
我无力改变一个人的固执
寻不回遗失的昔日
掌控不了一座城前进的趋势

我知道
这里曾经荒芜
繁华只是白驹过隙
我知道
草木看似静止
因为生长悄无声息

我知道
云来过同一片天空
雨落在上一次落过的地方
只是阳光普照万象更新
来不及寻迹

我知道
弃置饭桌的剩菜
在黑夜里慢慢变质
我知道
冻裂在墙内的管道
任水源一滴一滴流失

我知道
街对面的眼神
哪几个纯净无邪
哪一些藏着秘密

我知道
女儿啼哭的目的
妻子突然的欢喜
朋友含蓄的用意

我知道
谁动了真情
谁怀揣不轨
谁守了承诺
谁敷衍了事
谁无问自答
谁欲盖弥彰

我知道很多真相
明白很多道理
却仍然过不好自己的一生

远　行

我苦苦追忆的画面
是一片接入天际的金色麦田
隔着沧桑纷呈的几十年
丽质不变依然耀眼
只是风走云闲
凉了青囱淡了炊烟
多少次我不愿醒来的梦境中
儿时重现
扑蛙逐蝶嬉闹无邪
平凡岁月只剩下
一个孩子奔跑的愉悦
汗水浸湿了衣襟我不停
夕阳西斜黄昏逼临我不停
始终固执地认为
一场不再回头的远行
能够逃过成长的不幸

低　吟

来自暗角细缝的声音
穿透坚实的墙壁
经久萦绕在空旷的屋里
像是两个人的窃窃私语
抑或是一个人的自言自语
嘤嘤嗡嗡拨弄情绪挑动心灵
有些不明所以
使人停住喋喋不休的嘴舌
为之侧耳倾听

尘封多年的一件阴霾往事
被不安好心的人
又一次贸然提起
如同荒原上空的烈日
撩开云雾当头照耀
光芒刺眼却无处躲避
只有陈旧的情节
反复揭露你的疼痛记忆
挥之不去的　亦纠缠不清

莫名其妙承受

一个陌生人的指责

毫无征兆地

把无端的是非甩向你

无法承接一场

毫无防备的突袭

碰得支离破碎

任由锋利的边缘

割开柔软的指尖

眼睁睁目睹自己鲜血淋漓

流言从四面八方传来
混乱而又尖锐
向世人展示无中生有
演绎谎话连篇
被淹没的真相
发出微弱的呻吟
还没有来得及作一场激辩
就消失殆尽
回到沉默之前的
那一声叹息
低沉而有力

匆忙之间

回首看了一眼
我忘记的那些年
树儿挨着房屋
长路连着天
找不见起点
望不见终点
一阵短暂的停留
便要继续向前
迈着忽高忽低的步子
过着颠三倒四的日子
哼着不着调的曲子
在乏味中寻着乐子
既然真心留不住了
便放手随它去了
谁的悲伤不能独当一面
匆忙之间　世事尽迁
时光未老　模样已变
对镜无言
只是恨从前

困 兽

墙外焰火霓虹
映耀着夜幕星空
如隔世的微光
照亮了屋内的静谧和凝重

一个人深沉呼吸,聚缩瞳孔
选择在黑暗里长久地沉默
像是笼中困兽
低垂头　往复踱步

对自由和血肉的渴望
压抑在精神深处
每一根毛发都蓄满狂野和冲动
挣脱束缚　挣脱束缚

只有凌厉的目光
穿透了虚无
却被现实的无情
冰冷禁锢

我终究还是接受了命运
这张无可逃遁的铁网
心甘情愿地
等待着皮鞭和怒吼
等待着猎人的驯服

俗　人

一个在寂寞里徘徊的人
吹着阁楼迷夜的风
听着窗外摩挲树声
被孤独伤透了神
找不见失落的魂

总有寒意袭身
把彷徨的心浸冷
一层又一层
总有笃定的话
把短暂说成永恒
一轮又一轮

是你轻信了别人
还是不禁动了真情
为一句冲动的承诺
在梦境越陷越深

我只是凡夫俗人
贪恋这烟火红尘
碌而无为　默而无闻
临了道一句
既惘此生　不负来生

你还好吗

疼久了
痛会成为身体的一部分
渐渐都感觉不到它
像时间抚平了伤
像记忆模糊了疤

习惯了
再美的风景也黯然失色
任浮风吹彻
任流尘铺面
烈日灼眼
而我在湮灭

人变了

有一些过去过去了

有一些承诺就碎了

因为呕心沥血了

麻木得我不是我了

嘿　你还好吗

执　迷

余烟散了又起
事重提记往昔
惶惶而立
一念未息一念又袭
那年坎坷流离
遍尝辛酸苦疾
阅尽繁华魅景
不羡纸醉金迷
把崎岖簸路踏平
把锈刃钝具磨利
乐此不疲
料峭陡壁一意孤行
一人一纸一笔
一灯一桌一椅
潦草字迹
一生风雨淡淡回忆

陌　路

茫然迈了脚步
走陌生的路
迷雾深处
草非草　木非木

流年误入歧途
执着变了悔悟
方向模糊
谁独忍无助

满目愁绪一根乱线
往事经年断了篇
回首不言
前程若隐若现

一场清醒一场迷梦
只等苦戏落幕
怎奈无处倾诉
不如忘了当初

忘了的人

关上半开的门
听连绵雨声
呼吸静静的风
渐入清梦

睡眼迷蒙
看不透世事浮沉
乱了的心
解不脱是非纷争

曾经的伤痕
隐隐地疼
明明忘记的人
却让回忆翻了身

不是顾念旧情
亦非流连往生
是我望向窗外　太久
分了神

一生的远地

我把一碗米淘净入锅
耐心等待食物温热　膨胀　熟透
大口大口呼吸着
辽阔天地间免费的空气
让血液蓄满生存所需的氧分
真真切切活在妻女身边
口口相传于亲朋的话语中
在一座城市的一间屋子里
安身立命
遥想另一片远地上的我
负重耕耘
埋头或起身
迸发或沉沦

人们看见我时
我在这里
经营着世故人情
人们忙碌无暇顾及我时
我远在自己的思绪里
奋笔疾书

我不去整理的桌案
会有别人收拾干净
我不去走的街市巷道
满是路人的脚步
我不去吃的酒馆小店
夜夜觥筹交错

只属于我的那一块地
有收成没收成
都要去看两眼
添把土　浇盆水
葱郁荒芜都是我自己的

只属于我的那一块地
高一点　低一点
都要蹚过去
深挖一尺　填平一寸
称心失意都与世俗无关

我在那里等不明来路的人
等几十年没见人影
我在那里声嘶力竭地呼喊
从未听到另一边的回音
我一直站在现实的这头
遥望我一生的远地
触不可及